ミシェル・リード

5人きょうだいの末っ子としてマンチェスターで育つ。現在は、仕事に忙しい夫と成人した2人の娘とともにチェシャーに住む。読書とバレエが好きで、機会があればテニスも楽しむ。執筆を始めると、家族のことも忘れるほど熱中してしまう。

◆主要登場人物

ジョアンナ・ボネッティ……ウエイトレス。旧姓プレストン。
モリー・プレストン……ジョアンナの妹。故人。
アレッサンドロ・ボネッティ……ジョアンナの夫。銀行頭取。愛称サンドロ。
ソニア……サンドロの秘書。
アーサー・ベイツ……ジョアンナの雇主。

奪われた贈り物

ミシェル・リード
高田真紗子 訳

ハーレクイン
SP文庫

THE MARRIAGE SURRENDER

by Michelle Reid

Published by Harlequin Japan,

a Division of K.K. HarperCollins Japan, 2024

1

「アレッサンドロ・ボネッティをお、お願いします」公衆電話のボックスの中はたばこのやにくさい臭《にお》いがした。どうしても電話をしなくてはと思いつめてほっそりした体を固くし、青ざめた顔で受話器を耳に押しあてたジョアンナには、たばこの臭いも、黒いブーツの足元に散らかったごみも、ほとんど気にならなかった。

「どちら様でしょうか？」女性の冷ややかな声が簡潔にたずねた。

「こちらは……」ジョアンナは言いかけて答えが喉につかえ、ふっくらした下唇をかんだ。名乗るわけにはいかない。電話に出るのを拒否するもってこいの理由を彼にあたえてしまう。「あの……指名通話なので」一時しのぎに答え、目を閉じて祈った。色よい返事が返ってきますように。

そうはいかなかった。「恐れ入りますが、お名前をうかがわないとお取り次ぎできかねます」

「では秘書の方に取り次いでください。なんとかならないか話してみます」ジョアンナは強引に頼んだ。

応答に間があった。彼女の断固とした声音にむっとして黙り込んだような緊迫した間が。やがて〝お待ちください〟と告げる声がして、しんとなった。

時がゆっくり刻み始める――ジョアンナをこうした行動にまで走らせた絶望を道連れにして。昨夜は絶望のあまり眠れぬまま、サンドロを巻き込まずにこの窮地を抜け出す方法を見つけようとした。だが検討した方法はいずれも二つの選択肢にまっすぐ行き着いてしまった。

アーサー・ベイツか、サンドロか。

背筋に戦慄《せんりつ》が走った。アーサー・ベイツの名前を思い浮かべただけで、彼女を電話にしがみつかせるには十分だった。身にそなわった防衛本能は、あの男とはいっさいの関係を断って身を隠すように告げていた。だから、連絡の取れるたった一人の人に助けを求めて、今こうして電話をしているのだ――彼女は改めて気を奮い立たせた。もしもサンドロに〝ノー〟と言われたら途方にくれてしまう。けど、彼に最後のチャンスをあたえ、もう一度自分の人生を取り戻すために、わたしもこのチャンスに賭《か》けてみなくては。

どうせ、永久にサンドロの重荷になるつもりはない、そうよね？　ジョアンナは頭の中でざわざわ波立つ不安をしりぞけて自らをなぐさめた。ただちょっと彼に相談を持ちかけてみるだけ。そうしたらもう二度と彼の人生には立ち入らないつもりだ。簡単じゃないの。

なんでもないことだわ。サンドロだって怪物じゃないのだし。実のところ彼はなかなか礼儀正しい人間だ。まさか今もわたしに反感を抱いているはずはない。こんなに時がたったのだもの。

そのとき突然電話がコインの追加を要求し、彼女の体内に、おなじみのパニックが奔流のようにほとばしった。いったいわたしは何をしてるの？　彼女は血迷って自問した。なんだってこんなことを？　ほかにどうしようもないから、電話をしてるんじゃないの！　心の中でぴしりと言い返すと、目の前に積んでおいたコインの山に乱暴に手を伸ばした。いちばん上のコインをつまんだ拍子にうっかり残りのコインをばらまいてしまい、コインがちゃりんちゃりんと転げ落ちた。散らばったコインを拾おうとして身をかがめたとき、受話器から声がした。

「おはようございます。ミスター・ボネッティの秘書ですが、どういうご用件でしょうか？」

ジョアンナはぱっと体を起こした。「ちょっと待って」そうつぶやいて、ばらまかないですんだたった一枚のコインを震える指で投入口に落とし込む。電話は切れなかったが、気後れから立ち直るのにさらに数秒かかった。「あの、ミスター――いえ、アレッサンドロと話したいのですが」急いで言い直す。親しげな呼び方のほうが難関を突破しやすいだろう。

だが、だめだった。「すみませんが、ぜひともお名前を」サンドロの秘書は言い張った。

わたしの名前。彼女は歯をくいしばり、新たな勝負を決しかねて目を閉じた。今度はどうしよう？　本名を告げたものか。「わたしは……ミ、ミセス・ボネッティです」彼女はぼそぼそつぶやいていた。自分の唇から出た名前が奇妙に聞こえる。電話線の向こうの女性にも奇妙に響いたに違いない。

一瞬鋭く息をのむ気配がした。それから秘書は「ミセス・ボネッティ？」とききき返し「ミセス・アレッサンドロ・ボネッティですね？」と念を押した。

「そうです」仰天した声を出した相手をとがめる気にはなれない。自分でもそんなしかつめらしい呼称とはどうにもなじめないでいるのだもの。「数分時間を割いてもらえないか、アレッサンドロにきいていただけません？」

「わかりました」秘書は即座に承諾した。

再びしんとなった。ジョアンナは受話器に向かってふうっと吐息をついた。静寂に耐えかねてごみだらけのコンクリートの床を足のつま先でこつこつ叩《たた》き、手で電話を同じように叩きながら。おまけに電話ボックスの外には男が立っていた。次に電話を使おうとして、じれったそうに絶えずちらちらとこちらを見ている。彼女は手のひらが汗ばんできた。

「ミセス・ボネッティ？」

「はい？」たったひと言だけ、緊張にこわばった喉から弾丸のように飛び出した。

「ミスター・ボネッティはただ今会議中ですが、電話番号をお教えいただければ、暇ができしだいこちらからおかけするそうです」

「そういうわけにはいかないんです」すっと緊張が解ける半面、絶望の波が全身を走り抜けた。「実は……公衆電話からかけているので」

ちっとも働かない頭ですばやく思案をめぐらせようと、長く垂らした絹のような赤い髪を指でくしゃくしゃにかき乱した。今サンドロと話ができなければ、二度と電話をする勇気が出るとは思えない。

「こ、こちらから電話をかけ直さないと」なんのあてもないのに最後のわらにすがるようにつかえながら言った。「で、できたらまたいつか電話をすると伝えてください」逃げ口上もつき果て〝それじゃ〟と唐突にしめくくって受話器を置こうとした。

「いいえ、切らないで！　ミセス・ボネッティ！」秘書の声が電話線を伝って耳を打った。「どうかお待ちください！」切迫した声が続けた。「ミスター・ボネッティはお返事をうかがうようにと……どうか、今少しお待ちいただけませんか」秘書はまさに懇願していた――しかも熱心に。ジョアンナが受話器をがしゃんと置かなかったのは、ひとえに彼女の熱心さに負けたからだ。

それにもう一つ、クリームをなめようとしている太った猫さながらアーサー・ベイツがにんまり笑っている、ぞっとするようなイメージが頭に浮かんだせいもある。またもや背筋に戦慄が走った。胸がむかつき、めまいがする。神経がぴりぴりして頭が混乱し、自分がどうしたいのかもわからなかった。

ああ、どうしよう。目を閉じ、急速に薄れる理性を取り戻そうとした。サンドロか、アーサー・ベイツか。理性は彼女をつついて選択を迫った。アーサー・ベイツかサンドロか。選ぶまでもない。

サンドロだ。

サンドロ――彼には長くみじめだったこの二年間、連絡するのを自ら禁じてきた。モリーのことを知らせようとしたときを除いては。かわいそうなモリー。あのときだけは彼に連絡しようとしたのに、彼は助けを求めたわたしの電話を無視したのだ。だから、今だって彼が同じことをする可能性は十分にある。それに無視されても当然じゃない？　とっくの昔に、二人の仲はすっかり終わってしまったのだもの。

電話がまたもやコインを催促した。彼女は鹿《しか》みたいに跳び上がり、コインを探してきょろきょろあたりを見回した。それからやっと、数分前にみんな床に落としたのを思い出し、本能的に身をかがめた。今や知性はすっかり彼女を見捨てたらしかった。

「ミセス・ボネッティ？」

「はい」息を切らせて答える。

「今すぐおつなぎします」かちりと切り替える音がしてジョアンナはたじろいだ。ごみだらけの床を探っていた指が落としたコインを一枚見つけ、それをつかんで立ち上がった。顔は赤く上気し、呼吸は乱れている。コインを押し込もうとしてもなかなかうまく入らない。黒いベルベットのようなサンドロの声を聞くと思うとパニックに陥り、むやみにうろたえてぶるぶる震え出した。あの声を聞くのに耐えられるだろうか？　電話ボックスの外の男が待ちくたびれて腹を立て、ガラスをばんばん叩いた。ジョアンナは向き直ると、ブルーの瞳をぎらつかせ、男をにらみつけて抗議した。

「ジョアンナ？」

そのひと声で彼女の周囲のものはすべてがらがらと崩れ落ちた。興奮やパニックが一つの煮えたぎる玉に凝結し、胸がしめつけられて苦しくなる。サンドロの声はぶっきらぼうでそっけなかった。だけど、ああ、なつかしさに喉がつかえて声が出ない。電話ボックスの外の男がまたもやガラスを叩いた。彼女は目を閉じて歯をくいしばった。サンドロのいら立ちが電話線を伝って感じられる――彼がじりじりしていることも、しぶしぶ電話に出たことも。

「ジョアンナ？」短くくり返し〝くそ！〟と悪態をつくのが聞こえた。「聞いているのか？」

「ええ」息を切らせて答える。と同時にそのひと言で、今自分が勇気をもって一歩踏み出したのを悟った。「ご、ごめんなさい」応答が遅れたのを謝り、見せかけだけでも冷静になろうして、くいしばっていた歯をゆるめた。「お、お金を電話ボックスのゆ、床に落としちゃって見つからなかったの。それに表に電話をかける人が待っていて、ガラスをばんばん叩くものだから、わたし……」ばかなことをべらべらしゃべっているのに気づいて絶望的な気持ちに襲われ、あとは言わずじまいになった。

サンドロも同じことを思ったらしく、つんけん文句を言った。「何をごちゃごちゃ言ってるんだ？」

「ごめんなさい」彼女はもう一度謝ったが、それはよけいにサンドロを怒らせたようだ。「今大事な会議の最中なんだ。だから光栄にも、思いがけなく電話をもらったのはどういうわけか、要点だけ話してもらえるかな？」

痛烈な皮肉だ。ジョアンナはまたもや目を閉じた。彼の怒りのひと言ひと言が彼女を打ちのめし、胸がつぶれて肺に空気を送り込むこともままならない。

「お、お願いがあるの……」わたしは何をしてほしかったのだっけ？　うろたえて頭がかっとなり、電話をした理由が不意にわからなくなった。「お願いだから……」乾いた唇を湿らせて言い直した。「あなたの、そのう、考えを聞かせてほしくて」うやむやにごまかした。久しぶりに電話をしたのはお金がほしいからだなんて、ずうずうしくて言えやしない！「できたら、あ、会ってもらえないかしら？　どこか話のできるところで」

返事はない。彼女の緊張の糸は切れる寸前だった。刺すようなぴりぴりする不安がつま先から髪の生えぎわまで這《は》い上がり息もつけない。

「今晩ローマに行く予定だ」サンドロは無愛想に告げた。「それに今日は、空港に出かける時間までずっと会議がつまっている。来週ぼくが帰るまで待ってもらわないことには」

「だめよ！」それでは困る。「そんなに待てないの。わたし……」不意に考えが別の方向にそれて、新たな絶望の波に襲われ、ジョアンナは下唇をかんだ。やがて、打ちひしがれた声でささやいた。「な、なんでもないの。悪かったわ、わたし……」

「電話を切ったら承知しないぞ！」サンドロはがみがみ警告した。こんなに時がたっても、彼は開いた本でも読むようにわたしの心が読めるらしい。

それから、彼がイタリア語で何やらつぶやくのが聞こえた。悪態をついているに違いない。彼はほんとうに腹を立てると決まって母国語に戻ってしまう。悪態をつくサンドロの姿が眼前に浮かんだ。背が高く引きしまったラテン系の浅黒い体、途方もなくハンサムな顔立ち、怒ると黒くなるベルベットのような褐色の瞳。形のよいセクシーな口元――その口はわたしに、ほかの人にはできないようなキスもするが、わたしには意味の通じない言葉でありとあらゆる暴言も吐く。そんなラテン系の彼の気質を思い出している最中に突然ぴーっと音がして、またも料金を入れるよう警告された。

「もうコインがないの！」ジョアンナは足元の汚れた床を必死で見回しながら、受話器に向かってせわしなく言った。「だから、どうしても」

「そこの電話番号を教えろ！」彼がさえぎった。

「でも、電話があくのを待ってる人がいて――」

「えい、くそ《マレデイジオーネ》！　番号を、ジョアンナ！」

　彼女は番号を告げた。時間がつきて電話が切れた。受話器を戻し呆然《ぼうぜん》と電話機を見つめる――電話が切れないうちに、彼は最後の桁《けた》まで番号を書き取ったかしら？　書き取れたら、と思うとびくびくするし、書き取れなかったら、と思うとぞっとする！

　緊張した上にうろたえたせいで頭がくらくらしながらも、ジョアンナは不潔な床にかがんで残りのコインを探した。見つけると電話ボックスを出て、待っていた男に順番をゆずった。男はジョアンナのことを麻薬中毒かと思ったらしく、体を斜めにしてすれ違った。

　無理もないわね。電話ボックスの中でわたしが演じた、神経衰弱じみた行動を眺めていたら、きっと麻薬中毒に見えたに違いない！　サンドロが悪いのよ。わたしがこんなふうにしどろもどろになるのは、いつだってサンドロのせいなのだ。ふだんは冷静沈着なわたしを徹底的にうろたえさせるのは、彼のほかにはいなかった。それは、わたしがはじめてサンドロに目をとめたとき以来ずっと続いている。ほんの数分二人きりになるだけで、わたしを震えおののく無能な人間に変えてしまうのだ。

　さっきの男が電話ボックスから出てきた。二分とかからなかったので、あんなに長く待たせたことに、なおさら気がとがめ、謝らずにはいられなかった。

「長くて、すみませんでした。ちょっと困ったことになって」ボックスの中で電話が鳴り出し、彼女はよろめきながら飛びついた。男のことも何もかも忘れて受話器を引ったくり耳に押しあてる。

「いったいどうなってるんだ?」サンドロの声がぴしりと耳を打った。「五分もあの番号を押し続けたのに、ずっと話し中だった！　切らずに受話器を握ったままでいたのか？まさかそれほど間抜けじゃないだろうな」

悔しいけどそのとおり、わたしは間抜けなのだ。彼はわたしのことを愚かだと思っている。そしてサンドロにとって愚か者は、歯痛に劣らず耐えがたい存在なのだ。

「電話を待ってる人がいるって言ったでしょ。その人に電話をゆずってあげたの」

またしてもイタリア語の悪態が彼女のほてった鼓膜を打ったかと思うと、大きく深呼吸する音に続いて彼の声が聞こえた。さっきよりはまともな声になっている。冷酷だが抑制のきいた声だ。

「ぼくに何をしてほしいんだい、ジョアンナ？　きみがぼくに頼み事をするなんて、いつからそんな気になったのかな」自制はしていても、なおもあてこすりを言わずにはいられないようだ。

「電話で話せることじゃないの」不意に持ち前の勝ち気な気性がむらむらと頭をもたげた。

「あなたが今みたいな態度をとるつもりなら、これ以上話をしてもむだだと思うわ！」

「オーケー、わかったよ」サンドロは大きな吐息をついて譲歩した。「なるほど、ぼくの態度はよくなかった。しかし、首までどっぷり仕事に浸《つ》かっている最中に、長らく音沙汰《さた》のなかった妻が電話をかけてよこすとは思いもしなかったよ」

「いくらでも皮肉ったらいいでしょう！　どうせあなたにお世辞は似合わないわ」負けずに言い返す。

以前のとおりにかみついたり引っかいたり、今も互いにやり合っているのに気づいて、二人は同時にため息をついた。

「ぼくに何か？」サンドロは敵意を消して、真面目《まじめ》にたずねた。

ジョアンナのほうも気持ちをしずめて、同じく真面目に答えた。「今日は時間がないなら、こんな電話をしてあなたの貴重な時間をむだにしてしまったみたい。ただ、どうしても言っておきたかったの」彼女はつけ加えずにはいられなかった。「あなたが見切り発車をしてしまわないうちに」

「五時に」サンドロが言った。「あの家で」

「いやよ！　あそこへは行きたくないわ！」思わず反対したが、彼の恐ろしい反発を予想して下唇をかんだ。ベルグレーヴィアの、あの美しい家にはいやな思い出しかなかった。あそこでは会えない。

「なら、ここで」ぴしりと告げる。彼は心底怒っていた――イタリア人らしくかんかんになっているのではなく、北極の氷のように冷ややかに。「一時間だけ。それ以上は時間を割けない。それから遅れないように。スケジュールがびっしりつまっていて、実は重要な会議の合間の時間をあてるつもりだ」

「いいわ」うなずいたものの気がめいった。オフィスで会うのも、以前彼と暮らした家で会うよりましだとは思えない。彼の職場へ行ったことは一度もなかった。「ど、どうすればいい？　その、そちらに着いたら」心配で歯がガチガチ鳴り、下唇がまるで動かない。

「誰かに言わなくちゃいけない？　わたしが誰なのか。それはちょっと……」

「いいかげんに隠れ家から出たらどうだ？」彼はとげとげしく言った。「それとも、ぼくとの法律上の関係を認めたくないのか？」

「サンドロ……」ジョアンナはかすれた声でささやいた。「こうして電話をかける気になるのが、どんなに大変だったか、わかってないのね？」

「ぼくだってやっと電話に出る気になったんだぞ」サンドロは乱暴に言い返した。「二年前に出ていったきり、一度も顔を見せないでおいて！」

「あなたに言われたからよ。出ていくとき――」

「自分の言ったことくらい覚えてるよ！」サンドロはがなり立てたあと、二度も吐息をついた。「まあ来るがいいさ、ジョアンナ。念を押しておくが、土壇場で尻込みしてすっぽかすんじゃないぞ。さもないと、ぼくは誓って――知るものか！」そうつぶやくと、彼は電話をふっつり切った。

ジョアンナは不意にぼうっとなり、頭も体も死んだように動かなくなった。サンドロとやり合うと決まってこんな気持ちになるのだ。たくわえたエネルギーを洗いざらい吸い上げられてしまう。彼女は消耗しきって電話ボックスの壁にぐったりもたれた。

そもそもなんで電話をかける気になったのかしら？　突然、アーサー・ベイツが散らかった机を前に最後通告を発した姿がぱっとひらめき、ぞくっと身震いすると同時に電話をした理由を思い出した。

「弁済してもらおう、ジョアンナ。現金か、あるいはそれに代わるもので」彼はいつものなめらかな低い声で言い渡した。「金額はわかっているな」

現金あるいはそれに代わるものでの弁済……聞いただけでジョアンナは胸がむかついた。

「期限はいつですか？」現金に代わるものという選択肢は無視して冷然と問いつめた。

だが、ベイツのほうは無視する気はまったくなかった。彼女がこうなるのを長いこと待ちかまえていたからには、楽しみをことごとく味わいつくすつもりだった。彼は革張りの椅子をきしらせてゆったり背をもたせかけ、シャツの生地が引き伸ばされてぽっかり開いたボタンとボタンの間に指輪をいくつもはめた指をさし入れた。そしてウエイトレスの制服の、短い白の上着と黒いサテンのスカートの下で非の打ちどころのない輪郭を示しているジョアンナのほっそりした体に、悠然と視線をすべらせた。

「今でけっこう」しゃがれた声で言った。「今払ってもらえば好都合だ……」

ジョアンナは北極の万年雪のように凍りついた。「お金は払います。それで、いつまでに返せば？」

「借金は借金だよ、スイートハート」ベイツはその質問を穏やかにしりぞけた。「それにもう二週間も返済が遅れている」

「インフルエンザで休んでいましたから。もう仕事に戻ったのでお支払いします、できるだけ早く」

「規則は知っているね」彼がさえぎった。「期限内に払うこと、さもないと……。ねえ、きみ、わたしは面白半分にそんな規則を作ったんじゃない。きみたちは金に困ると助けを求めてここにやってくる。そこでわたしは言うんだ。いいとも、期限内に返さないと快く思われないってことがわかっているなら、この人のいいアーサーおやじが金を貸してやろう、ってね。それもきみたちのためを思ってのことだ」

法外に高利の借金を返済するためにさらに金を借りさせて、多額の借金の深みにはめる。彼の意図はそこにあった。こすっからいけちな策略だ。この策のおかげで彼は高利貸しを手堅く続けてきた。

だがジョアンナの場合は違っていた。それは彼女もとっくに承知していた。ベイツが求めているのは金ではなくて彼女の体なのだ。なのに彼女は返済を遅らせ、見事に彼の術中にはまってしまった。始末の悪いことにベイツは雇主なので、彼女の給料の額を正確に知っていた。彼女は昼間はウエイトレスをして、夜は彼のみすぼらしいナイトクラブのカウンターで働いていた——考えなしにギャンブルに手を出したのも、そのクラブでのことだった。

要するに、アーサー・ベイツは彼女の生活についてはいかようにも調べがつくと信じているわけだ。ところがベイツは彼女の結婚については知らなかったし、あの有力なボネッティ家とつながりがあることも知らなかった。また、その気になりさえすれば窮地を脱する手段があることも。

だがたとえその気になっても、それには時間がかかる。一方ベイツは時間的余裕をあたえるような性分ではない。ジョアンナはベイツに意味ありげに眺め回されて全身鳥肌が立ち、時間を稼ぐために一つだけ思いついたことをした。まつげを伏せて嫌悪に光る目を隠し、甘い敗北をにおわせたのだ。

「いいわ。いつ?」かすれた声でつぶやいた。

「今夜、仕事を終えたら。十五分もあれば、わたしのフラットに……」

「だめよ。とにかく今夜はだめ」ほっそりした肩を片方だけぎこちなくすくめてみせた。「ホルモンの具合が」これで通じるといいけれど。

ベイツの顔にいら立ちの表情がよぎったところを見ると、どうやら通じたようだ。「女ってやつは」ぶつくさぼやくと、疑わしそうに言った。「嘘《うそ》ということも考えられる。先に延ばす口実かもしれん」

ジョアンナはつんと顎を上げ、青く澄んだ目でベイツをひたと見据えた。「嘘はつかないわ。ほんとうよ」彼女は嘘をついた。

「いつまでだ？」

「三日間」これでどうにか疑いが晴れて逃げ出せるだろう。

「なら、金曜日だな」

彼女は吐き気をこらえてやっとの思いでうなずいた。ぎくしゃくした足取りでオフィスを出るなり、閉じたドアのわきの壁にぐったり寄りかかった——サンドロとやり合って電話ボックスの壁にもたれている今と同じに。

大きな吐息をつき、ようやく体を起こして電話ボックスを出る。厚手の革のボマージャケットにすっぽりくるまり、三月の冷たい風の中、借りているフラットまで数百メートルの道を歩き出した。今にも雨になりそうな険悪な空模様だ。

狭いフラットに入ると一瞬身がまえてこぶしを固め、帰るたびに彼女を出迎えるうつろな静寂を吸い込んだ。細い肩を落として力を抜き、こぶしも心もゆるめてから重いジャケットを脱いだ。

サンドロが指定した一時間後の刻限に向かって、時は刻々と迫っていた。なのにジョアンナはその恐ろしい会見にそなえて支度をするでもなく、部屋を横切って古びたサイドボードに歩み寄り、じっと見下ろした。深く吐息をついて手を伸ばし、引き出しを開ける。たちまち思い出が飛び出してきた。パンドラの箱さながら、思い出は彼女の周囲をめぐり始めた――辛辣《しんらつ》に嘲《あざけ》りながら。

自制心を残らず吸い取られながらも、ジョアンナは引き出しの箱の中を探った。目指すものを見つけると、うずいている肺からふうっと息を吐き出し、引き出しを閉めた。震える手に蓋《ふた》がこんもり盛り上がった小箱を握っている。なんの箱かは一目瞭然《りょうぜん》だ。箱の底には世界に名だたる宝石商の名がしるされ、由緒正しい出所を示すと同時に、中に高価な宝石が収まっていることを示していた。だが彼女にとってはお金よりもはるかに大切なものだった。二年も蓋を開けるのを自ら禁じていたほど。

寂しくみじめだったある日のこと、彼女はふと指に目をやり、いまだに婚約指輪と結婚指輪をはめているのに気づいてぞっとした。結婚生活を見かぎったのにまだこんなものをはめていたなんて！　それ以来ほかの小物と一緒にしまっておいたが、箱が見つかった折にそこに指輪を収め、いつかサンドロに送り返そうと誓ったのだ。しかし実行することはどうしてもできなかった。

ジョアンナは手のひらに指輪の箱をのせ、歯をくいしばり口をきゅっと結んだ。蓋をぱちんと開く。心がかきむしられ、石のように胃袋の底まで落ち込んだ。指輪は紫色のサテンの台座に鎮座していた。一つは純金の細い結婚指輪で、もう一つはシンプルなだけに美しく、えも言われぬほど上品な婚約指輪だ。彼女は込み上げる涙の塊をのみ下しながらも、プラチナの台にはめ込まれた一粒のホワイトダイヤを見つめてその美しさに感嘆した。

サンドロの愛の象徴だ。

〝愛しているよ〟彼はそう言って婚約指輪を手渡してくれたっけ。あのシンプルですっきりした極上の愛の宣言。同じくシンプルですっきりした極上のこの指輪に、彼はひと財産費やしたに違いない。彼は愛とともに渡し、わたしは愛とともに受け取ったのだ。涙で視界がぼやけ、心のうずくような空虚さが暗雲のように周囲に立ち込めた。今では二人の愛は失われてしまった。ほんとうは、この指輪も愛とともになくなって当然なのだ。

売ればベイツの借金もらくに返せるのはわかっていた。だが彼女は別の解決法を必死で探して眠れぬ夜を過ごしたのだ。売ることはできない。この指輪を売ることは、ある男性からこれと同等の価値あるものを盗むことになる――それでなくてもすでに多くを奪ったのに。彼のプライドと自尊心、その上、一人前の男としての自負心まで。〝きみはぼくをばらばらに引き裂いている、それがわからないのか？　こんな状態はなんとしてでも解決しなくては。ジョアンナ、ぼくはもうこれ以上耐えられない！〟

サンドロの言葉が長くみじめだった二年の歳月をへてよみがえり、ジョアンナはあのときと同じように彼の苦しみに鞭《むち》打たれる気がしてたじろいだ。彼女が考え得る唯一のことをついに実行に移したのは、彼の苦しみのせいだった。彼と別れて妹のモリーのもとに身を寄せたのだ。彼とはいっさいの連絡を絶った。彼が結婚生活の失敗を乗り越えて再び幸せになるのを願って。多分彼は幸せを見いだしたのだろう。なぜなら最初の二、三カ月は考え直すようにしきりに言ってきたが、その後はふっつり連絡が絶えた——妹の件でこちらから電話したときでさえ。

モリー……。

ジョアンナは吐息をもらし、指輪の箱から目を上げて部屋の奥を見やった。ベッドサイドテーブルのスタンドの下に小さな写真立てがあって、妹のモリーの美しい顔が笑いかけている。悲しみに心をぐいとつかまれ、歩み寄ってベッドの端に腰を下ろした。指輪の箱をそっと置いて写真を手に取った。

「ああ、モリー。サンドロに助けを求めに行くのは正しいと思う?」答えはなかった。あたり前だ。モリーはもうこの世にいないのだもの。けれどサンドロは生きていてぴんぴんしている。サンドロ、わたしがかぎりなく愛した男——その愛を手放さないためにはなんでもする覚悟だった。

女なら誰でもそうするだろう。アレッサンドロ・ボネッティが今まで出会った中でいちばんすてきな男性なのは確かだ。ある日の夕方、ウエイトレスをしていたイタリアンレストランに入ってきた彼は、彼女の人生を文字どおりまるごと変えてしまった。

「アレッサンドロ！」主人のヴィトウが威勢よく叫んだ。彼女は仕事の手を休めて目を上げた。背が低く丸々と太ったヴィトウが、彼の二倍はあろうかと思われるほど長身の男と、抱き合って背中を叩くラテン式の抱擁にのみ込まれた光景を見て微笑したのを今も覚えている。サンドロはヴィトウのはげ頭ごしに彼女の笑顔を見て微笑を返した。何を面白がっているのかちゃんとわかっているように。彼女がブルーの目をさらに上へ上げると、彼の澄んだ褐色の瞳とぶつかった。

それですべてが決まったのだ。いとも簡単に。視線がしっかりからみ合った瞬間、二人は互いに惹《ひ》かれ合い、二人の間の空間に火花が散った。彼の瞳は情熱的に黒ずんで微笑が消えた。センスのよい身なりをした全身は固く張りつめ、何かに魅了されたときの、顔にがつんと一発くらったような表情に変わっていた。彼女のほうも心臓が止まりそうだった。棒立ちのまま、彼の手がヴィトウの肩の後ろで妙に官能的に動くのを見つめた。すると、あきれたことに自分の肩をなでられているみたいに鳥肌が立った。

「あれは誰？」彼はレストランの主人にきいた。

ヴィトウはジョアンナのほうを振り向き、訪ねてきた男の心を奪ったものをたちまち悟ってにやりとした。「ああ、この店の看板娘にさっそく目をつけたな。ジョアンナだ。調理場の外の、セクシーな火種さ！」二人の男の視線は、彼女の輝く髪や、きらきらした瞳や、カトリック教徒らしく、慎み深くほんのり頬を染めた顔をさまよった。「ジョアンナ、こちらはアレッサンドロ・ボネッティ。いとこの甥《おい》で、油断のならない男だ」ヴィトウは警告した。「火のように情熱的なきみにとって、彼は危険なお相手《マッチ》になるだろうよ！」

彼女の情熱に火をつけるマッチ……三人ともそのジョークに笑い出した。ところがそれが現実になったのだ。サンドロは彼女を燃え立たせた——ほかの男にはできなかったほど激しく。彼女は内も外も、乾いた焚《た》きつけのように燃え上がった。そしてまた、サンドロも彼女とともに燃え上がったのだ。あたかも夢が実現したかのように。

それで、あの夢はどうなってしまったの？　ジョアンナは座ったまま宙を見つめて自問した。愛する男性をあんなにしっかりつかまえていた、生き生きしたわたしは一夜にして消え失《う》せ、今ここに座っている、こんなうつろな残骸《ざんがい》になり果ててしまった。精力的なサンドロに再び近づこうと本気で考えているのは、そんなうつろな残骸なのだ。そんなことが、今のわたしにできるだろうか？

〝現金か、あるいはそれに代わるもの〟

彼女は突然わなわな震え出した。インフルエンザにかかって以来、こんなふうに震え出すことがよくあった。だが、震え出した原因は、またもや選択を迫られたせいだ。

選ぶ余地のない選択。

彼女はモリーの写真をテーブルに戻して立ち上がり、引き出しに指輪の箱をしまうと、つらい仕事に取りかかった——サンドロと会うための身支度に。

2

指定の時刻にサンドロのオフィスがあるビルに着いたときには、ジョアンナの勇気は根こそぎ失われていた。ただ、ともかく身なりだけはきちんとしている自信があった。美しく見えるようにさんざん骨折ったのだ――自分のためではなく彼のために。

サンドロはイタリア人で、服装のセンスは息をするのも同然のように身についている。白いボクサーショーツと縮んだ白のTシャツ姿で自宅近くを歩いている彼を目にしたことがあるが、それでも息をのむほどかっこよくさまになっていた。彼女はふと、二人がどうにか結婚生活を続けていたころにもそんな姿を見たのを思い出して、顔をしかめた。ふつうなら、夫がそんな身なりで目の前を歩き回るのを見るのも楽しいだろう。ところがジョアンナは硬直して冷たい石の柱と化してしまった。

セクシーだから？　そう、確かにセクシーだった。長い素足のすねからたくましい太腿まで毛深くて浅黒い肌をさらし、短くまっすぐな髪が少し乱れて眠そうな目をしていたっけ。アメリカへの短い出張のあと、時差ぼけを解消しようとしてソファーでまどろんでいたのだ。不精髭《ひげ》でさえ、彼がセクシーに見えるのを妨げてはいなかった。

彼女はサンドロと出会ってひと目で恋に落ち、彼がほしくてたまらなくなった――ときには愛を交わさずにはいられないと思うほど。だが二人がつき合い始めたころサンドロは多忙で、彼女も忙しかったし、モリーのことも考える必要があった。二人は結婚して正式に一緒に暮らすようになるまで待つことにした。そうなれば時間の面でも場所の面でも、熱くたぎり立つ情熱にゆったり身を浸すことができる。

そのうちに、口に出すのもはばかるような事件が起きて、何もかも狂ってしまった。わたしが悪かったのだ。サンドロはあんなに我慢してくれたのに。

わたしがサンドロにあたえたのは苦痛だけだった。苦しみと挫折《ざせつ》と恐怖――恐ろしい錯乱状態はついに彼の仕事にも支障をきたすに至った。サンドロはグループ企業をいくつも持つ銀行の頭取で、他人を信用した上で資金を提供する。若くして成功した彼は、自分の判断にかぎりない自信を持っていた。彼のような成功者になるには自分の判断に誤りのないことを確信する必要がある。彼女との結婚はその判断力に悪影響を及ぼし、彼の自信をむしばんだ。数カ月の間に二度も投資に失敗したことが、ついに彼に踏ん切りをつけさせた。

そのころには結婚生活は形ばかりになっていたのでサンドロの人生から出ていくのは簡単だった。それは彼のためでもあり彼女のためでもあった。彼女は絶えずつきまとわれていた緊張感から逃れて、ある種の平安を見いだした。平安——彼もまたそれを見つけることを彼女は願った。彼は見つけたに違いない。この二年の間に新聞や雑誌に載った彼の名前を何度か目にしたから。その記事では、優良企業に狙《ねら》いをつける彼のゆるぎない能力を称賛していた。

サンドロとよりを戻せば、またいろいろやっかいなことになるだろう。彼にとってわたしはウイルスみたいな存在で、健全で自信に満ちた人間に必要な機能を残らずむしばんでしまう。

今日の話し合いは短く切り上げよう。彼女は決心して、ボネッティ帝国の主立ったオフィスを背後に収めた一枚ガラスのドアをくぐった。わたしの頼みを説明して返事を聞いたら、さっさと彼の人生から歩み去るのだ。

色あせたジーンズと着古した革のジャケットという身なりではサンドロの前に出たくない！　そう思って、彼女はたった一着残っていたまともな服を着てきた。ちょうど一年前、怒りとも悲しみともつかぬ激情に駆られて、彼とかかわりのあるものを残らず捨てたときにも、ディオールの、流行に左右されないこの黒のウールのスーツだけは処分しなかった。大分体重が減ったためにだぶつき気味だが、レインコートのおかげであまり目立たない。今にも降り出しそうだった雨がフラットを出るころにはとうとう降ってきたので、急いでレインコートを引っかけてきたのだった。

ドアの向こうは、驚くほど大勢の人が忙しく行き交うロビーだった。どうしたものかと不安になって足を止め、あたりに目を配った。着いたらどうすればいいか、さっき電話でたずねたのに、サンドロは返事もしないでがしゃんと切ってしまった。

ジョアンナの唇から吐息がもれ、ほっそりした体の隅々まで緊張が走った。彼女は考えるのに気を取られて、自分の姿が多くの男性の目を引いていることに気づかなかった。背が高くほっそりした体に石膏《せっこう》のようにすべすべした肌、サファイアのようなブルーの瞳、赤くて長い髪はまっすぐ流れ、頭上の照明に映えて炎のようにゆらめいている。

美人？　むろん美しかった。行く先々で男性が振り向くほどの絶世の美人でなかったら、アレッサンドロ・ボネッティほどの男が目をとめるはずがない。とはいっても、ジョアンナは自分の美しさを自覚していなかった。今も、サンドロがロビーの突きあたりにずらりと並んだエレベーターのわきから眺めていると、半数以上の社員がぴたりと足を止めて彼女をうっとり眺めていく。だが彼女はそれにはまったく気づかず不安そうにあたりを見回していた。

おびえている。

サンドロは落ち着き払った外見の下で煮えたぎる怒りに唇を引き結んだ。本来ジョアンナはびくびくするような質《たち》ではない。つねに強い自信に輝き、どんな状況に置かれても力強く生気に満ちていた。今目にしているジョアンナは、異国の小鳥のようにためらい、少しでも危険な気配があったらすぐに飛び立とうと身がまえていた。彼女にとって最大の危険は、言うまでもなくサンドロだった。

そのときジョアンナはサンドロに気づいた。長い二年をへて、はじめて彼を見つめたあのまなざしで見つめられ、サンドロのうなじの毛が逆立ち、ぴりぴり感電したようになった。部屋の両端から二人の視線がぶつかった、あの最初の出会いが正確に再現されたのだ。ジョアンナもまた、稲妻のような電流が体を貫くのを感じた。呼吸が止まり、ずっと待ち受けていた日の光を受けて花がぱっと開くように、心臓が急速にふくれ上がる気がして胸がうずいた。

なぜ？　彼を愛しているから――ずっと愛していたのだ。そう悟って心が引き裂かれた。彼はあんなに背が高かったっけ。情熱的で並はずれて洗練され、いささか尊大なところも以前のとおりだ。

サンドロはイタリアンカットの紫がかったグレーのスーツに淡いブルーのシャツを身につけ、浅黒い喉元に黒っぽいシルクのネクタイをきちんとしめていた。漆黒の髪はうなじで短くカットし、知的で秀でた額もあらわにすっきりなでつけている。

長いまつげに縁取られた眠たげな褐色の瞳までゆっくり視線を下げると、ジョアンナはぞくぞくして鳥肌が立った。かすかに鉤鼻《かぎばな》になった細い鼻柱は、見事な骨格や余分な贅肉《ぜいにく》のつく余地のない頬のつややかな肌とともに、まぎれもなく彼がラテン系であることを示している。

それにあの唇――彼女はそこに目をとめると、めくるめく感覚の渦に巻き込まれ動けなくなった。あれは生まれながらの好色家の唇だ。見るからに官能的で、みだらなセックスを約束し、求め、強要している恋人の唇。彼女がかつて親しく触れ、体内にめらめらと燃え上がるものを感じた唇。彼女の官能を根こそぎ吸い上げて胸の中で欲望の火を炸裂《さくれつ》させ、彼女の唇をおののかせた唇。あの唇をもう一度味わいたくてたまらない……。

そんなことできっこない！　彼女はパニックの荒波にのまれた。こんなふうに顔を合わせていながら、わたしを責めさいなむ彼の魅力に無関心なふりをして、冷静を装うなんてできるはずがない！

立ち去らなくては……どうしても。

ジョアンナは逃げ出そうとした。サンドロは突然背筋がぞくりとしてそれを悟った。彼が不意に行動を起こしたので、今にも逃げようとしていた彼女は面くらって目を上げた。彼と視線がぶつかる。彼は圧倒的に優位な意志の力で彼女の視線をがっちりととらえた。まなざしで彼女をその場に釘《くぎ》づけにしたままロビーを大股で横切り、襲いかかる前に獲物に催眠術をかける猫のように優雅に歩み寄った。

ロビーはしんと静まり返った。その場にいた社員は残らず足を止め、ドアを入ってきたばかりの見知らぬ美人に、尊敬するボスが一直線に歩み寄るのを呆然《ぼうぜん》と見つめた。

サンドロは彼女の一歩手前で慎重に足を止め、穏やかに声をかけた。「ジョアンナ」

「こんにちは、サンドロ」彼女は頭をかしげて彼の顔を見上げ、かすれた声で挨拶《あいさつ》をした。

それっきり、どちらも動かなかった。二人は時間を忘れてひたすら見つめ合っていた。悪いことばかりではなかった思い出に包まれて。

実のところ、中には胸がうずくほどすばらしいこともあった。それを思い出して、ジョアンナは小さく息を吸い込んで胸をふくらませ、下腹の奥深くひそむ筋肉がこわばるのを覚えた。彼女はそんな反応を拒否してざわめく筋肉を引きしめた。

サンドロは彼女の無防備な顔をよぎる表情の一つ一つを正確に読み取った。いまだに愛に燃え、苦しみ、傷つき、欲望にとらえられ――やむなくそれを拒否している。彼の瞳の色も情熱に黒ずみ、彼女の苦しみに応《こた》える苦痛と、いまだに体内に燃える欲望と、とっくに失われた愛の思い出を伝えた。

なんといってもあれだけの仕打ちをされたのだ。その女をどうして今も愛することができよう?

サンドロはまばたきすると、長いまつげをゆっくり下げて目を伏せた。まるでそのまつげでさっきのメッセージをぬぐい去り、和解に応じない冷ややかな表情に置き替えようとするかのように。彼はそろそろと手を伸ばし、ジョアンナの腕を取ろうとした。

だが、そうしながらも彼の口元が目につくほど緊張し、顎にそって筋が浮き上がるのを見て、ジョアンナは困惑した。彼は自分が触れると、大勢が見守る前でわたしが逃げ出すと思って緊張しているのだ。彼女はひるまなかった。こんな場所で——彼が絶対的支配権を握っている場所で彼をさらし者にするくらいなら死んだほうがましだ。

サンドロに肘をつかまれても、彼女のブルーの瞳は平静に彼の目を見つめていた。さらに張りつめた意味ありげな何秒かが続いたあと、彼の顎の緊張した線が消え、口がゆがんで彼女がささやかな自制心を示したことを辛辣《しんらつ》に嘲《あざけ》った。社員の手前、彼のプライドを守ろうとしたのが気にさわったようだ。

「さあ」彼はそれだけ言うと、肘をつかんだ指に力を込めて向きを変え、二人を追う好奇の視線を傲然《ごうぜん》と無視して、静まり返ったロビーを歩き出した。

「こんなのひどいわ」ジョアンナは人目を気にして小声でささやいた。「人目に立たないように会うわけにはいかなかったの?」

「懺悔《ざんげ》をするときみたいにこっそりとかい?」彼はそっけなくきいた。「きみはぼくの妻だ。妻とはおおっぴらに会うよ。愛人とはこっそり会うがね」彼がほかの女とつき合っている——ジョアンナの心は真ん中をぐさりと刺され、酸っぱい嫉妬《しっと》の毒液で満たされた。彼女はどこへ連れていかれるのか考えることもできず、気づいたときにはもう遅かった。

突然、ぞっとするような恐怖が嫉妬に取って替わり、彼女はぴたりと歩みを止めた。

「だめよ」かすれた声で抗議する。「サンドロ……」

彼はかまわずさえぎった。「話を聞くにはプライバシーが必要だよ、いとしい人《カーラ》」〝プライバシー〟彼女が心の中で反芻《はんすう》しているうちに、彼は握った手に力を込めて待っていたエレベーターに連れ込んだ。それから手を放して操作ボタンのほうを向いた。扉が閉まり、突然二人きりになった。二メートル半四方のグレーの箱の中では逃げようにも逃げ場がない。

やめて。心臓が飛び出しそうだった。エレベーターは上昇を始め、ぐいと上に押し上げられたかと思うと反対に胃袋がぐっと下がった。ぞっとして目をつぶり両手をぎゅっと握りしめる。いつもの神経症がぎゃあぎゃあわめき立て、ジョアンナは恐怖の世界へはまり込んだ。

サンドロも彼女の異常な様子に気づいて、にべもなく言った。「いい加減にしろよ！　きみにはもう手を出す気もしない！」

「ごめんなさい」彼女は低い声でつぶやいた。「でも、あなたじゃなくて、エレベーターのせいなの」

「エレベーター？」サンドロは疑わしそうにきき返した。「きみの数ある恐怖症に、いつからエレベーターまで加わったんだい？」

皮肉を言われても当然だ。「さあ、いつからかしらね」笑って受け流そうとした。だが彼は明らかに笑いたい気分ではないようだ。

「口に出してはいけない立入禁止事項がもう一つあるってことか。そういう条件を受け入れた上で話し合うんじゃ、こっちに勝ち目はないな」

二人はまた言い合いを始め、さっきの電話と同じく、悪感情を吐き出してぶつけ合うことなしには一緒にいられないことを実証した。

「らくにしたら。もう止まったぞ」サンドロはいちだんと皮肉っぽく調子をつけて言った。こわごわ目を開けると扉は開いていて、彼は早くも豪華なグレーのじゅうたんを敷いた廊下に出ている。ジョアンナがついてくるものと信じているらしい。彼女はエレベーターの壁から背中を引きはがし、意を決して震える脚を踏み出した。

サンドロはむっとして肩をいからせ、閉じたドアのわきで待っていた。厄介なことになりそうだ。ジョアンナはしぶしぶあとにしたがった。彼はドアのハンドルに手をかけたまま、彼女が近づくころ合いを見計らって振り向きもせずにさっとドアを開けた。二人は風通しのよい広々としたオフィスに入った。

デスクの後ろにはジョアンナと同じ年ごろのブロンドで魅力的な女性が座っていた。彼女は目を上げ、待ち受けていたようにほほ笑みかけた。サンドロは紹介するでもなく素知らぬ顔なので、ジョアンナは身の置き場に困った。彼は次のドアを開けて待っている。彼女はそばを通るのをぴりぴりするほど意識し、内心ぞくぞくしながら彼の前をかすめて入った。

オフィスの中はすばらしかった。ジョアンナは部屋の中央で足を止めてまわりを眺めた。スモークグレーの豪華な内装は、超近代的な室内装飾の見本のようで、品格のある黒っぽい木で仕上げた古風な私邸とはまるっきり違っていた。背後でドアが閉まり、彼女は警戒して身がまえたくなるのをこらえた。

「コートを脱ぎたまえ」彼は冷ややかに命じた。

コート？　ぱっと振り向いて彼を見据える。新たな戦慄《せんりつ》がぴりぴりと背筋を走った。必要以上に長居をするつもりはない！「わたし――」

「ジョアンナ、コートを」それでも彼女が脱ごうとしないので彼は歩み寄ろうとした。彼の意図を悟り、彼女の指はさっとボタンをはずしにかかった。彼は手を触れるとほのめかしただけで彼女が自分の言いなりになると知って、顔をゆがめて自嘲《じちよう》した。

ジョアンナは見透かされた自分に腹を立て、コートを脱ぎ捨てて手近な椅子にかけた。ありがたいことに、彼は背を向けて大きな一枚ガラスの窓の前に据えたデスクのほうに行った。が、そこで振り向くと、今度はジョアンナにとっては最悪のことをした。腰をデスクにもたせかけてくるぶしを交差させ、胸の前で腕を組み、やおら彼女を観察にかかったのだ――プレーンな黒のパンプスの中で緊張して縮こまっているつま先から、つややかな髪のてっぺんまで。ジョアンナは頬を染め、ショルダーバッグのひもを握りしめてうつむいた。彼は以前から一瞥《いちべつ》しただけでわたしの落ち着きを失わせる特技を持っていた。今もその特技を駆使している。

「やせたね」サンドロはようやく口を開いた。「スーツが古い麻袋みたいにぶかぶかだ。それ以上やせたら、消えてなくなってしまうぞ。なぜそんなにやせたんだい？」

「悪かったわね」ぴしりと言い返す。だが、今に彼もその理由を知るだろう！　それには、さんざんだったこの一年間のわたしの暮らしをちょっと知るだけで十分だ。

「また謝るのかい、ジョアンナ？」彼は冷笑した。「以前もそれはきみのお得意のせりふだったね。それを聞くと、ぼくはいつも頭にきたものだが、今も変わらないようだ」

ジョアンナは顎を上げブルーの目をきらきら光らせて、癇癪《かんしゃく》玉に今にも火がつくことを警告した。

「お忙しいんじゃなかったの？」彼はむっとしてうなずき、彼女の癇癪玉の導火線が短いことと時間が貴重であることを、二つとも認めた。

ドアがノックされた。ジョアンナはびくりと飛び上がり、サンドロはそんな神経質な彼女を見て苦い顔をした。秘書がコーヒーの用意をしたトレーを手に入ってきた。室内のぴりぴりした空気は一目瞭然《りようぜん》だったに違いない。秘書は用心深くちらりとボスに目をやってから、すばやくジョアンナに視線を移した。何やら支離滅裂な弁解をつぶやき、そそくさと部屋を横切って、二脚の革のソファーの間にあるコーヒーテーブルの上にトレーをのせた。

二人はどちらも動かなかった。サンドロは動こうとしなかったし、ジョアンナは動きたくても動けなかった。三人の周囲の空気は静寂にむしばまれ、気の毒な秘書はするだけのことをすると、二人のどちらへともなくおずおずと微笑して背を向けた。

サンドロは侵入者が出ていくのを目で追いながら、つやつやしたブロンドの髪から黒いパンプスの細いヒールまで視線を走らせた。そんなふうに女性を値踏みするのは生まれつきの癖で、彼は自分が値踏みしていることすら自覚していないに違いない。そうとわかっていても、ジョアンナはいやだった。

美人だ——彼女の胸の内に嫉妬が煮えたぎった。むろん美しくて当然だ。身近で働く女性はあのくらい美しくなくては、彼は満足しないだろう！

「ありがとう《グラツィエ》、ソニア」秘書がドアを出る寸前になって、彼は遅まきながらつぶやいた。秘書はちらりと彼を見返したが、その目は多くを語っていた。彼が妻に紹介しなかったので気分を害しているのだ。

しかしジョアンナはほっとしていた。肌の真下でしゅーしゅー泡立つ嫉妬の発作をしずめるのに大わらわで、愛想よくするどころではなかったのだ。ソニアはタイプを打つだけの存在ではないのでは？　彼の愛人かもしれない。

再びドアが閉じられ、サンドロはジョアンナに注意を戻した。体中こちこちにして、うつろな表情で突っ立っている彼女を数秒間まじまじと眺める。彼女の存在そのものが彼を徹底的にいら立たせるらしく、大きく吐息をつくと、長い指でじれったそうにソファーを指した。「頼むから座ってくれ。そんなに脚が震えてたら、今に倒れてしまうぞ」

「震えてやしないわ」彼女は否定したが、とにかく座ることにした。ソファーの一つを選んで、できるだけ浅く腰かける——彼が隣に座らなければいいけど。サンドロはわたしに防御の姿勢をとらせることに、ある種の病的な満足感を覚えるらしい。

だが今、彼はコーヒーを注ぐのに集中していた。ジョアンナは彼の長い指の器用な動きに目を凝らした。コーヒーを二つのカップに注ぎ、自分のカップにだけ砂糖を加えて銀のスプーンでかきまぜる。黙って薄手の白い磁器のカップを彼女に手渡し、自分のカップを手に向かい側のソファーに陣取った。

彼はコーヒーに砂糖やミルクを加えるかどうかをたずねるまでもなく、なんでも覚えている能力があった。名前でも場所でも事実でも数字でも、格別努力しなくても覚えられるのだ。以前彼に聞いた話では、目下の案件について以前手に入れた情報をすばやく思い出せると、新たに情報を集めて時間を浪費しなくてすむので大いに手間が省け、ビジネスの面でも大きな長所になっているとか。

「よし、話を聞こうか」彼は淡々と促した。

ジョアンナの手が震えて、薄手のカップがソーサーの上でかたかた鳴った。彼女は仕方なくカップを置いた。サンドロは品よく脚を組んだきり、なんの反応も見せない。彼女は彼の脚から目が離せなかった。チャコールグレーの靴下をはいている――どうでもいいことに目をとめた。靴はハンドメイドのひも靴で、黒い革が光っている。

「お金が少々必要なんだけど」ジョアンナは口ごもった。

「いくら?」サンドロはいつもこんな調子だ。驚いたそぶりも見せず、声を高めることもない。彼女は今まで歯磨きのチューブ一本ねだったことはなかった。彼もそれは承知しているはずだ。完璧《かんぺき》な記憶力の持ち主である以上、そんな重要な事実を忘れるはずがない。ということは、彼女がせっぱつまっていることも、すでに察しているだろう。

「五……」あとは喉につかえて、唾《つば》を飲まないことには口に出せなかった。「五千ポンド」まだ無言だ。反応はいっさいない。彼女はとまどってそろそろと目を上げ、彼の冷静な表情を探った。

何もわからない。

「きみにしては大金だな、ジョアンナ」彼の感想はそれだけだった。

「わかってるわ。ご……」ごめんなさい、と言いかけてやめ、ぎこちなく立ち上がる。

これ以上一秒たりとも彼の冷静な凝視に耐えて座ってはいられなかった。落ち着きなくぎくしゃくした足取りで彼のそばを離れながらも、彼の視線が自分を追いかけ、抜群の頭脳がすばやく回転しているのを意識した。お金の必要な理由を告げるのを彼が待っていることも、彼のほうからはきかないつもりでいることもわかっている。

ジョアンナはデスクに歩み寄り、その端に腰をもたせかけて腕を組み、氷のように冷たい指をすんなりした腕にしっかり回した。二人の間に静寂がぴんと張りつめ、張り渡したワイヤーのようにかすかに振動していた。彼女は唐突に向き直ると、顎を上げ彼の慎重な目を思い切ってまっすぐ見つめた。

「一つ提案があるの。お金が必要なんだけど……お金を持ってる人はあなたしか知らないわ。だから決着をつける意味でわたしにくださらない？」

「決着をつけるって、何に？」

彼女の心臓はにわかにどきどきし始めた。

「結婚に」何も反応がない。長くものうげなまつげ一本揺れなかった。この男の自制心は超人的だ！「あなたがこんな名ばかりの結婚にしがみつくとはおよそ考えられないわ。だからきれいさっぱり片をつけるのがいちばんだと思ったの」

「五千ポンドで？」

「ええ」彼女は後ろめたくて赤面した。

「では、話をはっきりさせよう」彼はきちんと言い直した。「きみは五千ポンドのはした金で何百万ポンドもの大富豪と気前よく離婚しようっていうんだな。おいおい、ジョアンナ、それではぼくの自負心が傷つくじゃないか」おもむろにカップを置いてゆったり背をもたせかける。「大もうけを狙って、ぼくの資産の半分を要求したらどうなんだ？　何はともあれ、きみにはその権利があるんだから」

いいえ、ないわ。わたしにはサンドロから何一つもらう権利はない。今頼んでいる五千ポンドすらも。

「五千ポンド必要なの」彼女はなめらかなグレーのじゅうたんの一点を見つめてくり返した。次の言葉はもっと言いづらくて彼を見られなかった。「それも今日いただきたいの。もしも用意できるなら」

「現金で？」

彼女は唾を飲み、それからこっくりうなずいた。「お願い……」返事はなかった。思い切ってもう一度ちらりと目を上げ表情をうかがったが、何もわからない――不意に彼女を真っ二つにせんばかりの真剣な顔に変わったほかは。ジョアンナは顔を赤らめて目を伏せ、自分のスーツの袖《そで》を震える指先でつまんだ。

「わけを話したらどうだ？」彼は穏やかに促した。

「借金があるの」小声で白状する。幸いサンドロには聞こえたようだ。「それで、お、お金を借りた人に、しつこく返済を迫られて」

「誰に？」サンドロはたずね、なおも問いつめた。「しつこく催促してるのは誰なんだ？」

ジョアンナは答えなかった。恥ずかしさにうなだれ、小さな顎を胸に埋《うず》めた。また張りつめた静寂が続いた。ことここに至っても、ジョアンナには事実を洗いざらい打ち明ける勇気が出なかった。

サンドロはきっとわたしに失望するに違いない。わたしはこれまで、サンドロが立派だと思うようなことは何一つしてこなかった。毎週七日のうちの六日間、昼も夜もウエイトレスとして二つの仕事をこなすのを、彼はいつも不満に思っていた。一生かけてもっとましな仕事をしようという野心を持たないのが理解できなかったようだ。モリーと暮らしていた狭いフラットも気に入らなくて、もっとふさわしいフラットに住まわせたいと申し出たくらいだ。

それにしても誰にふさわしいのだろう？ サンドロほどの男が訪ねるのにふさわしいという意味ではないの？ つまり、自分のガールフレンドがしがないウエイトレスをしているのが恥ずかしかったのだ。

おまけにサンドロはギャンブラーが嫌いときている。彼らは意志の弱い人生の敗北者でなんでもらくに手に入れようとする、と言っていた。そんな考えの持ち主に、この一年わずかなはした金のためにクラブで働いたあげく、そのはした金までギャンブルですってしまったなんてどうしたら言えるの？

彼女が思案にくれていると、サンドロは別の手を使って突然話題を変え、彼女をまごつかせた。

「最近はどこに住んでいる？」

「ここ、ロンドンよ」肩をすくめる。

「今もウエイトレスを?」

「ええ」

彼は吐息をついて、失望をあらわにした。「そんなことをする必要はなかったのに。出ていったとき、きみを貧しいまま捨てておくつもりはなかった」

「あなたはわたしになんの負い目もないわ」

「きみはぼくの妻だ」サンドロはいらいらしてがなり立てた。「だから、むろんきみにたいして何がしかの責任を負っている!」

これでまた、うまいこととお金の話に戻ったわけね——彼女は皮肉な気持ちで思った。

「ぼくがどうしても信じられないのは、きみともあろう女が自分のためにそんな借金をしたって点だ。ほんのはした金でも借りるのをいやがってたのに」

ジョアンナはお金がいちばん大切だと思ったことは一度もなかった。ポケットの中の冷たいコインなんておよそ大切とは思えなかったのだ。

「で、誰のためなんだ、ジョアンナ?」サンドロは容赦なく問いつめた。「その五千ポンドを必要としてるのは、ほんとは誰なんだい?」

彼女は顎を上げ、なめらかな額にしわを寄せて否定した。「わたしのためよ。こんなはめに陥ったのはみんなわたしのせいなの」

だが、サンドロは早くも首を振っていた。険しい表情は悲しげにも見える。「モリーのためなんだね」彼は決めつけた。「そうに違いない。妹が金に困ってる、そうなんだろう、ジョアンナ？　ほんとうは、そういうことじゃないのか？」

彼はジョアンナの反応をある程度予想していたものの、これほど鋭く息をのむとは思いもしなかった——彼女の顔から最後の一滴まで血の気が引いてしまうとは。

「まあ、ひどい。そんな残酷な……」ジョアンナはかすれた声でつぶやいた。刃渡り三十センチのナイフで胸をぐさりと刺されたみたいに彼をにらみつけて、くぐもった声でくってかかった。「どうしてモリーがそんなはめに陥るの？　妹が亡くなったことはあなたも知ってるくせに」

3

サンドロは反射的にさっと立ち上がった。

「なんだと？　もう一度言ってくれ」かすれた声でわめくとそう頼んだ。まるで突然英語が理解できなくなったように。

「でも、あなたも知ってるはずよ！」ジョアンナは叫んだ。「モ、モリーは一年前に交通事故で、車にはねられて死んだわ！」

「まさか！」怒声が炸裂《さくれつ》した。「そんなことが信じられるか！」

ジョアンナはかまわず言い立てた。「電話したのよ、このオフィスに。あなたが電話に出ないから、だから秘書に伝言を頼んだわ！」さっきの秘書だろうか？　全世界が崩壊したあの日、わたしと話したのはあの美人のソニアだったのかしら？

「ここへ電話を？」彼女の言葉の意味がようやく理解できたらしい。「モリーが死んだって？」

「こんなことでわたしが嘘《うそ》をつくと思う？」

むろん、嘘はつかない――サンドロは愕然《がくぜん》としつつも認めた。全身にさざ波のように戦慄《せんりつ》が走り、棒立ちのまま彼女を見つめる。日焼けした顔からみるみる血の気が引いた。と思うと、なんの前触れもなしに定評ある彼の自制心は完全に失われ、荒々しい衝動に駆られてくるりと向き直ると、こぶしを固めてガラスのテーブルをばんばん叩《たた》いた。

彼女が息をのみ目を丸くしているうちに、薄い磁器のカップは震動でテーブルから飛び上がった。空を切って転がり落ち、粉々になってあたり一面に飛び散る。テーブルのガラスも折れるように割れて、凶器のごとき破片と化した。

続いてぞっとするような静寂が訪れた。磁器やガラスの破片と、こぼれた砂糖、クリームやコーヒーがそこら中に散らばっている――二脚のグレーの革のソファーやカーペットにまで。

サンドロは唇をきつく結び、青ざめた顔で、握りしめた指の関節に血をにじませて、怒りをぶちまけた修羅場からのろのろ立ち上がった。

「まあ、なんてこと」彼女は恐ろしさに目がくらみ、手を口にあてた。「知らなかったのね……」

「ご明察のとおりさ」ぽつりと答え、無傷のほうの手でポケットからハンカチを取り出した。彼女は彼が血だらけの手をハンカチで包むのを震えながら見ているばかりだった。肺をわしづかみにされたように息もできない。胸に鋼のケースをすっぽりはめられ、中で心臓がどきどき動悸《どうき》を打っている気がした。

いきなりドアが開き、ソニアが転びそうな勢いで駆け込んできた。「まあ、大変！」惨状に驚き、目を見開いて叫んだ。

「出ていけ！」サンドロが怒鳴って凶暴な目つきで振り向いたので、ソニアは泣き声をあげそうになり、あわてて部屋を出て後ろ手にドアを閉めた。

「何も秘書にやつあたりしなくたって」

サンドロはジョアンナの非難を無視した。「きみの伝言は聞いていない。聞いたのにぼくが無視したと思ったのか？　そうだったのか？」サンドロは彼女の無防備な顔に刻まれた答えを読み取った。彼女は彼を侮辱したのだ。モリーが死んでも気にしないのだ、とあっさり信じてしまったことは、彼にしてみればおそらく最大の侮辱だったのだろう。

ジョアンナもそれに気づいた。「わたし……」

「よくも言えるものだ」サンドロは怒鳴った。

ジョアンナははっと口を閉ざし、震える吐息をつくとまた口を開いた。「はじめはわたしだって、あなたがモリーの死を無視するとは思わなかったわ。でも何日たっても連絡がないから、てっきり……」肩をすくめ、かすれた声で続けた。「それに、ショックでまともに考えることもできなくて。そ、葬儀のあと、ほかのフラットを見つけたわ。だってあそこにはいられなかったの、一人じゃ……」どうしてもモリーの名前は口に出せなかった。

「引っ越してからはじめて、あなたから連絡がなかったのが気になって……」言いよどみ、ついに黙った。

サンドロはひと言も言わず無傷のほうの手でつややかな黒髪をかき上げると、ジョアンナを見るのも不愉快だと言わんばかりに背を向けた。彼女は〝ごめんなさい〟という言葉が舌先まで出かかるのをこらえて、黙って彼を見つめていた。二人を取りまいてどよめく激情を扱いかねて、絶望に駆られた。

「いつ？」彼が唐突にきいた。「いつのことだ？」

ジョアンナは低い声で力なく月日を告げた。

「なんてことだ《マドレ・デ・ディオ》！」サンドロは嘆息した。

モリーは一年前の今日、死亡したのだった。

サンドロは歩き出した。彼はずんずん彼女に近づいてきてそのまま通り過ぎ、デスクの後ろに回った。片手を伸ばして受話器を取り上げる。もう一方の手は不自然にわきに垂らしたままだ。ハンカチの包帯がしだいに赤く染まっていく。

「一年前の今日、このオフィスにかかった電話のプリントアウトを頼む」鋭く指示した。

「それと一緒に去年の予定表も」受話器を戻すと、彼はデスクの椅子にどすんと腰を下ろし、両手で顔をおおった。

ジョアンナはまたしても謝りそうになった。わたしの身に何が起きようと彼はもはや関心がない――わたしは実際にそう信じたのだ。あの当時は傷ついたっけ。見捨てられた気がしてみじめだった。今は、サンドロに両腕を回して抱きしめ、少しでもなぐさめてあげたかった。

オフィスのドアがおずおずとノックされ、ためらいがちに開いたときには、ジョアンナは心底ほっとした。サンドロは体を起こして顔を上げた。いまだに青ざめ、ひきつった表情だった。その暗いまなざしにジョアンナは胸をつかれたが、どうしてあげることもできなかった。彼は研ぎ澄ましたまなざしをまっすぐ秘書に向けた。

「持ってくるように言われたプリントアウトです」ソニアはつぶやくと、急いで進み出てデスクの上に置いた。「それと、これが去年の予定表で……」

彼女が今度は何を言われるかと、おずおずためらっているうちに、サンドロは書類に目を通し始めた。彼女は好奇心に駆られてジョアンナのほうをこっそりとうかがったが、目が合いそうになるとあわてて視線をそらした。

「去年、ぼくは三月中ずっとローマに行っていた」サンドロは吐息をついた。

「覚えてますわ」秘書はうなずいた。頬に赤みがさしている。後ろめたくて赤面したのだろうか？　身に覚えがあるのかしら？　サンドロの愛人としてローマに滞在したのを思い出して、それで頬をほてらせたのかも。嫉妬《しっと》の炎がサンドペーパーのようにざらざらした舌でジョアンナの背筋をなめ、背中がこわばってきりきりうずいた。

「それで、ここには誰が？」彼は追及した。

「ここへは、ルカが彼の秘書を連れてきましたが」ソニアは説明すると、思い切って質問した。「どうしてですか？　何か手違いでも？」

「手違い？」サンドロはむっとしてきき返し、短く笑いをもらした。「まさにそのとおりだ」ぴしりと言うと、重々しく続けた。「オーケー、ソニア。あとはぼくにまかせてくれ」

誰が見ても、彼はソニアを追い払ったのだ。彼女が愛人だとしたら、彼はあきらかに愛人と妻を引き離しておく方法を心得ているわけだ。〝慎重〟というのは彼が好んで使う言葉だ。秘書はつんとして出ていき、あとに重苦しい静寂が残った。

「こっちへ、ジョアンナ」だが、ジョアンナは今や全身目もくらむような嫉妬の炎に包まれ、筋肉一つ動かせなかった。〝まだわたしと結婚してるのにあの女と寝るなんて、ひどい人！〟そんなみだらな非難を浴びせそうで、彼のほうを見ることすらできなかった。

「ジョアンナ……」

ああ、なんだってこんなところへ来てしまったのかしら！　わずかに残った平常心に必死でしがみついて足を前に踏み出し、デスクに腰をもたせかけた。

「読んでごらん」

サンドロは長い指でプリントアウトされた一行を指した。彼女は眉を寄せ、よく見ようと顔を近づけた。〝ミスター・ボネッティに女性から〟とある。

〝名前なし、メッセージなし〟

「これはコンピューターに記録された、このオフィスにかかった電話のプリントアウトだ」サンドロは説明した。「日付と時間を見たまえ。きみがぼくにかけた電話だね？」穏やかに指摘する。「きみはモリーの事故当日、ここへ電話をかけた。だがショックのあまりうろたえて、名前を言い置くのも、緊急の用件だと念を押すのも忘れたんじゃないのか？」

そうだったかしら？　ジョアンナは眉を寄せて思い出そうとしたが、あの恐ろしい日のことはおぼろにかすんで、ほとんど何も思い出せなかった。

「それから、ほらここに」サンドロは古びた予定表を彼女のほうに向け直し、淡々と言った。三月の欄には〝ローマ〟と大文字で一筆だけ記入されていた。「ぼくはここにはいなかった。まるまる一カ月間留守にしていた」

「手違いだったたって納得させるために、何もこんなことまでしなくても。あなたを信じるわ」ジョアンナは気まずそうにつぶやいた。

「ありがとう」

「あなたは嘘つきじゃないもの」片方の肩をぐいとそびやかす。「あなたが正直じゃないと思ったことは一度もないわ」言い添えずにはいられなかった。

「それはまた、どうも」サンドロはそっけなく答えると唐突に立ち上がり、デスクを回ってジョアンナに近づいた。「さあ、おいで」彼女の手を取る。ジョアンナは板のようにこちこちになったが、彼はかまわず手を引いてドアに向かった。

「でも、どこへ?」ジョアンナは用心してきいた。

「傷の手当てを」ぽつりと答え、手を引いてドアをくぐる。目を丸くしている秘書のほうは見向きもせずオフィスを出て待っていたエレベーターに乗った。

また、あのいまいましいエレベーターだ。お願いだから手をぎゅっと握っていて、とジョアンナが思っているときに、サンドロは彼女の手を放し、上着の内ポケットからプラスチックのクレジットカードのようなものを取り出した。それを操作盤の細い隙間《すきま》にさし込み、フロアーボタンの一つを押すと、再びカードを抜き取った。ジョアンナは扉が閉まって閉じ込められる恐ろしい瞬間にそなえて身がまえるのに大わらわで、何階に行くのか見落とした。

「ねえ、きみの様子はまったく哀れを誘うよ」サンドロはじろじろ眺めて嘲《あざけ》った。

それはわかっている。けど、必死で押さえ込もうとしているいまわしい記憶との闘いをやめるわけにはいかないのだ。扉が閉まり、エレベーターが動き出した。ジョアンナは壁に背中を押しつけ、下に向かって沈み始めるのを待ち受けた。ところが、エレベーターはがくんと上がったかと思うとすぐに止まった。驚いて目を開くと、サンドロが不愉快そうな、半ば軽蔑《けいべつ》した表情で見つめている。彼女は力なく見返した。

扉がすうっと開いた。サンドロはジョアンナから視線をはずし、さっさとエレベーターを降りた。彼女は背中を壁から引きはがして、しぶしぶあとにしたがった。だが、たった二歩進んだだけでぴたりと足を止め、とまどって周囲を見回した。

「ここはどこ?」鋭くたずねる。

「すぐ上の階。正確に言うとぼく個人の部屋だ」

やっぱり――彼女は大混乱に陥り、わなにはまった動物が逃げる方法を探すように、すばやくあたりに目を配った。「あなたの部屋ですって?」不安そうにきき返す。「ここが?」

「ああ。便利だろう?」サンドロは突き刺すように答えた。ジョアンナが何を考え、どう感じているのか承知しているのだ。彼女にとってプライベートな部屋は親密な愛撫《あいぶ》に通じ、愛撫はパニックを意味した。ジョアンナは油断なく目を光らせて彼を見た。彼はあざわらうように見返した――反抗したらいいじゃないか、体内に泡立ち始めた欲望と闘うのはあきらめて、安全かどうか疑わしい背後のエレベーターに悲鳴をあげて逃げ込んだらどうなんだ?

どっちに転んでもいいことはない。サンドロと会うか、アーサー・ベイツと対決するか、あの選択と同じだ。そのときエレベーターの扉がしゅーと音をたて閉まることを予告したので、選択の余地はなくなった。ジョアンナはぎょっとして振り向き、逃げ道がすうっと閉ざされるのを見つめた。

「おやおや、わなにかかったねずみみたいにおびえて。かわいそうなジョアンナ」辛辣《しんらつ》な皮肉にジョアンナが何も言い返せないでいるうちに、サンドロは続けた。「できたら気楽にしてくれたまえ。傷の手当てをしないと」そう言うと、彼はドアから出ていった。残された彼女はうろうろしながらぼんやり周囲を見回した。

最高だわ――それが混乱をきわめた彼女の脳裏に浮かんだ最初の感想だった。エレベーターは広々とした居間に向かって直接扉を開く。居間には超現代的なオフィスと違って、サンドロのいかにもイタリア人らしい古典趣味が反映されていた。淡いパステル調の布を張った趣のある壁を背景にした優雅なアンティーク家具の数々。それらの家具は、カプチーノに似た色の厚いじゅうたんの上に居心地よく配置された、現代的なオートミール色のソファーや安楽椅子ともすんなり調和していた。

ばんばん叩いて血しぶきを上げることになるようなガラスは、この部屋にはない。彼女は苦笑まじりに認めたものの、さっきのぎょっとするようなサンドロの姿を思い浮かべて息がつまった。ほかの人ならともかく、彼があんなふうに自制心を失うなんて、およそいつもの彼らしくない。誰よりも忍耐力と自制心に富む人なのに。彼があんなったのも無理はない。わたしのせいだ――暗く重いその事実が細い肩にどっかり居座り、彼女は吐息をもらした。

そのとき不意に、ほんの数分前に出ていったドアからサンドロがにゅっと入ってきた。ジョアンナの自責の念はたちまち消え失《う》せ、強烈な歓喜が体内に噴き出して、サンドロの雄の動物としての魅力に催眠術にかかったようにうっとり魅了された。

サンドロは上着を脱ぎ、ネクタイもはずしていた。淡いブルーのシャツのボタンをもどかしそうにはずして筋張った喉元をぐいと押し広げると、袖《そで》をまくり上げて毛深い腕をさし出した。

「さあ、頼む」ジョアンナは目をぱちぱちさせて、彼にかけられた催眠術の効果を消そうとした。サンドロは情熱に黒ずんだ瞳を伏せ、傷ついた手に真っ白なタオルを押しあてていた。「出血が止まるまではっておかないと」絆創膏《ばんそうこう》をさし出して言った。

それにしてもこんなに間近にいると、攻撃的でぞくぞくするほど生気にあふれた彼の存在感がぴりぴり伝わってくる。彼の体温が感じられ、体臭までかすかににおうほどだ。ジョアンナはもじもじしてスカートのわきを爪で引っかいた。どことも知れぬ奥底から彼の温かくがっしりした男性的な体に抱かれたときの記憶が浮き上がり、その記憶が胸を満たし始める。あなたがほしい――大声で叫びそうになって目をつぶった。彼にもたれ、抱きすくめられ、体の奥のそのまた奥で彼を感じたくてたまらない。

「ジョアンナ!」むっとした声がした。彼女が青ざめて震えながら立っている理由を、誤解したらしい。「手にちょっと絆創膏をはってくれと頼んでるだけだ。裸になれと言ってるわけじゃない！」憤慨して体を固くし、険悪な顔をしている。「自分でやるよ！」荒々しく怒声を浴びせた。

「だめよ！」制止はしたが、頭が混乱してどうしていいかわからない。「だめ、わたしがするわ」かすれた声で言うと、サンドロの指からすばやく絆創膏を引ったくり紙をはがした。彼は押し黙ったまま、ジョアンナのするがままにまかせた。彼女はタオルをどけて傷口を点検し、震える指先でガラスの破片を慎重に探った。その間も彼の苦々しげな視線が後頭部に注がれているのを感じて、下唇をぎゅっとかみしめた。「中に何かあるみたい？」傷口を両側からそっと押してたずねる。

「いや」

「思ったほどひどくないわ」できるだけさりげなく言った。「こんなことをしてばかねえ」

「きみの妹の死をぼくが無視すると思うほうが、よっぽどばかだよ」

ジョアンナは顔をしかめた。ほんとうに、わたしはばかだった。ショックと悲しみでばかみたいになってしまって。

「それじゃ、どういうことだったのか話してくれないか」サンドロは穏やかに促した。

指のつけ根の関節にはった絆創膏を平らに伸ばしていた彼女の指の動きが止まった。と思うと、無意識に指を伸ばし、彼の手に自分の手を添わせた。彼の指は長くたくましいが、形は美しく、短い爪は丸く整えられている。指に触れると温かかった。

「モリーはカレッジに行く途中だったわ」ジョアンナは感情の伴わない声でつぶやいた。「バス停で待っていたときに車が突っ込んできたの。ブレーキがきかなくて、車が止まらず……。亡くなったのはモリーだけじゃなかったのよ。ほかに三人も死んで、そのほかにも三人が重傷を負ったの。当時は、どの新聞でも報道されたわ。名前も掲載されたし、住所も……」だから、サンドロが事件のことを知っていると思い込んだのだ。たとえ伝言を聞き逃しても、新聞の報道を見逃すはずがないと思っていた。

ジョアンナはまたいつもの激しい発作にとらえられ、やにわに震え出した。サンドロはイタリア語で何やら毒づき、彼女が次に気がついたときには、彼の腕にしっかり抱きかかえられていた。

「泣きたいなら泣くといい」彼はくぐもった声で促した。「ぼくも一緒に泣きたいくらいだ！」

冗談かしら？　いいえ、冗談ではない。冗談を言うにはあまりにも悲惨な場面だもの。彼女は泣かなかった。もう何年も泣いたことはない。泣けなかったし泣こうともしなかった。なぜ？　泣きたい気持ちに負けてすすり泣きでももらそうものなら、堰《せき》が切れて涙が流れ出てしまうのがわかっていたから。

何もかもみんな。

泣く代わりに彼に抱かれ、すっぽり包み込まれることになぐさめを感じた。とはいえ、ジョアンナは泣く必要があった。心の奥のどこか暗い片隅で彼女もそのことを自覚していた。心に潜む怪物を解き放たないかぎり、くじけそうな状態でよろめき進むほかはない。

「こっちにいなくてすまなかったね、いとしい人《カーラ》」

「今はなんとも思ってないわ」彼の温かな喉元で、ジョアンナはもごもごささやいた。そう言ったのはまずかったようで、彼はまた突然腹を立てた。

「なんともないってことがあるか！」声を荒らげてジョアンナを突き放した。彼女は冷たくされて、もう一度彼に身を投げかけたい衝動と闘うはめになった。「きみがたった一度助けを求めて泣きついてきたのに、ぼくはそれに応《こた》えなかった！」サンドロは荒い吐息をつき、くるりと背を向け、ぶっきらぼうに言った。「どでかい問題に決まってる」

でも、わたしは一年後の今も助けを求めてここへ来ている――ジョアンナは考えた。ただし、今度は同情ではなく、お金を求めて。比較にもならない。そこまで考えて、彼女はそもそもここへ来た理由を思い出した。

お金――サンドロがたっぷり持っていて、これまでわたしがまったく関心を示さなかったもの。実のところ、どうして二人が結婚したいと思うまでになったのか不可解だ。ジョアンナは安いフラットに住んで、ウエイトレスをして生計を立てていた。サンドロの自宅はどれも高級住宅地にある。ロンドンの屋敷はベルグレーヴィアにあるし、イタリアにある優雅なアパートメントは、石の一枚からしてローマのコロセウムから取り寄せたものだ。

ビルの最上階を占める、比較的小さなこの部屋ですら――彼女は今日までその存在を知らなかったのだが、桁《けた》はずれに豪華に見えた。それにしても、自分のオフィスの真上に手ごろなフラットを持つことは、彼の豪奢《ごうしゃ》なライフスタイルを反映していた。

要するにサンドロはイタリアでは最高の階層の出身で、豪奢な生活に豪奢な旅、つねに豪奢な雰囲気を身にまとっている。なのに、そのお高くとまった男がどうしたことか、裏町のちっぽけなイタリアンレストランのウエイトレスに目をとめ、ひと目でほれ込んでしまったのだ。

ジョアンナはどうにも解せなかった。だがあのころは若くて世間知らずだったので、別に不思議とも思わなかった。恋に盲目になった彼女の目に男の中の男に見えたサンドロをひたすら愛し、彼に愛されたくて夢中だった。彼はやさしい気遣いを示して彼女に接し、古風な作法でプロポーズした――花束と贈り物を捧《ささ》げ、そっとキスを交わして。〝敬愛の念をもってきみにプロポーズする。純白の処女の身でぼくのもとに来てほしい。その純潔の贈り物に適正な代償を払ったことがわかるように〟

彼女は今思い出しても胸がつぶれた。温かく思いやりに満ちた、美しい言葉――うっとりするほどロマンチックなプロポーズ。その言葉によって、サンドロは彼女の感じやすい心に偶像のごとき地位を占めたのだ。ところが、二人をついに破滅させたのも、やはりその美しい言葉だった。

　不意にサンドロがぱっと振り向き、二人の視線がぶつかった。彼もまた似たようなつらい思い出の小道をたどっていたのではないだろうか？　それほど彼のまなざしは悲しげに見えた。

「意識はあったのかい？　彼女は苦しまずに……」

　モリーのことだ。彼は素直で愛らしい性格だった妹のことを考えていたのだ。ジョアンナは首を振った。「即死だって聞いたわ。何がどうなったのか、自分ではわからなかったんじゃないかしら」

「それはよかった」

　そのとき、二人の周囲に垂れこめた重苦しい沈黙を破って、室内のどこかで電話が鳴った。サンドロは何やらつぶやき、大股で歩いていって電話に出た。

「はい《シー》？」受話器に向かってくいつくように言う。母国語で応えたのは、彼がふだんの自分を完全に取り戻していない証拠だ。話を聞いていた暗い目が、いら立つようにまばたきした。「いや、だめだ。キャンセルしてくれ。こっちは抜けられないから」

　キャンセル？　何を？　彼女ははっと思いあたった。「あら、いけないわ、サンドロ！　わたしのためにキャンセルしないで！」

　だが彼はさっさと受話器を戻して向き直った。その顔に刻まれた表情を見て、おなじみのパニックが彼女をかすめた。彼は腹を決めたらしい。その決断がわたしと関係があるのはほぼ確実だ。「座りたまえ、飲み物を持ってこよう」

「でも、あ、あなたは今日、とっても忙しいって言ってたのに。だから、わたし、とにかくもう帰らなくちゃ！」閉じているエレベーターの扉に目をやって帰るそぶりをした。

「五千ポンドを持たずに帰るのか、カーラ」サンドロは嘲った。「自分からここへ来て、これだけつらい思いを味わったのがみんなむだになるぞ」

彼女はまたもや選択を迫られた。アーサー・ベイツのグロテスクな姿が脅かすように眼前にぼうっと現れ、今度も同じ結論に達せざるを得なかった。比較するたびに不愉快な事実に行き着いてしまう。

選択の余地はない。

ジョアンナは自分で仕かけたわなに落ち、にっちもさっちもいかなくなっていた。彼女自身の恐怖や失敗におびき寄せられて、自らわなにはまってしまったのだ。サンドロはそういうことをすべて直感的に悟ったらしく、蒼白《そうはく》な顔で打ちひしがれている彼女に背を向け、キャビネットに歩み寄った。扉の中には、いろいろ取りそろえられたボトルやグラスが並んでいた。

選択の余地はない。その短い言葉が頭のまわりを駆けめぐって目まいがしそうで、彼女はついに屈服し、倒れないうちに腰を下ろした。オートミールのように淡い色のリネンのカバーをかけた椅子にぐったり座り、震える手をずきずき痛む目にあてた。治りきっていないインフルエンザと心配と睡眠不足とが、今になって骨身にこたえ始めたようだ。おまけに、ここへ来てこんなストレスが加わって——ジョアンナは自嘲《じちょう》した。残っていたエネルギーを使い果たしてぐったりするのも無理はない。

ひんやりしたグラスが手の甲に触れ、彼女はびくっとして目にあてた手を下ろした。「飲んでごらん」サンドロが上から見下ろしながらグラスをさし出している。「ジントニックだ」ジョアンナが疑わしそうにグラスを見つめたので説明した。「少しは元気が出るかもしれない。ぐったりしてるじゃないか」

いくらでも嘲るがいいわ。ジョアンナはむきになってグラスを受け取り、口をつけると一気に半分ほど飲み下した。サンドロは彼女の挑戦的な態度には素知らぬ顔で、向かい側の椅子に腰を下ろし、自分のグラスをゆっくりすすった。

「今はどこに住んでるんだ?」

サンドロはさりげなくきいた。ジョアンナは彼の顔をよぎる不快な表情を見るのがいやで目をそらして答えた。もっとも彼の声には不快感がはっきり表れていて、いやでも耳に入ったけれど。

「その住所から察すると、五千ポンドは誰かに保護してもらうための金と考えていいのかな?」

ジョアンナはひそかに身震いした。ときどき彼が憎らしくなる。彼の皮肉やえらそうな態度がいやでたまらない。「自分の身は自分で守ります！」

サンドロはひと言も言わなかった。そのこと自体、彼の侮蔑を示している。ジョアンナはもうひと口ジンをぐいとあおった。頭がくらくらする。今日は朝から何も口にしていなかった。この前食事をしたのはいつのことかも思い出せない。アルコールは空っぽの胃を襲い、たちまち酔いが回った。

「きみは言いさえすればいいんだよ、ジョアンナ」サンドロは穏やかに言った。

「言うって、何を？」ジョアンナは油断なく目を光らせて彼を見た。

「なぜ金がいるのか、言ったらあげるよ」

それだけでいいの？　なんの条件もなしに？　ジョアンナは自分の幸運が信じられなかった――ささいな点を除いては。お金が必要な理由を打ち明けること。それがいちばんの難題だ。

「この一年は、カジノのあるナイトクラブのカウンターで働いていたの」気軽に言おうとしたがみじめに失敗した。「モ、モリーが死んでからずっと」彼女は言い添えた。その事実は今日ここに来た理由と重要な関連がある。「わたし……」グラスを見たが空だった。空でなければよかったのに。

「もう一杯どう？」サンドロはすかさずすすめて気軽に腰を上げた。

「お願い」ジョアンナはグラスをさし出した。彼がグラスを受け取って歩いていったのを幸いに、彼女はつかの間緊張を解いてぐったりした。

「それで」サンドロは二杯目のジントニックをかきまぜながら先を促した。「モリーが死んで、きみはクラブで働くようになった。それからどういうことになって、倹約家のジョアンナが借金を背負い込むことになったのかな?」

サンドロには見当がついているのだろうか? 彼女は眉をひそめて彼の背中を見つめたが、どちらともわかりかねた。彼は明敏で洞察力がある。いや、いくらサンドロでもよりによってこのわたしがギャンブルに手を出すとは思わないに決まってる。

サンドロが戻ってきて二杯目のグラスを手渡した。ジョアンナはグラスを受け取ってごくりと飲み、彼は元の椅子に戻って促した。「先を続けてくれ」

「その、モリーに死なれて、わたし」わたしもばらばらに壊れた、というのが実情だった。自分にはもう何も残っていないし、生きるよすがになる人が一人もいなくなった気がした。

「お葬式代を貸してくれた人が仕事を回してくれて……彼のクラブで働けば借金を早く返せるって言われたの。レストランの仕事よりお給料が高いからって。その上、クラブまで歩いて通えるところに部屋まで見つけてくれたわ。交通費が節約になるからって」

「しかし、そう簡単にはことが運ばなかったんだね?」サンドロはやさしく促した。

彼女は頭をぐいとひと振りした。「か、彼は毎週返す返済額をだんだん引き上げたの。もしも返済が滞ったら、その、パニックになると思って。だってそうなったら、彼からもっとたくさんお金を借りるはめになるでしょう。ほかの女の子がそんなはめに陥ったのを見たことがあるわ」かすれた声で釈明する。「と、とっても怖くて……」

「で、きみは返済を続けたんだろう？」

ジョアンナはジントニックをあおった。まるで飲まないと命が絶えるかのように。「ギャンブルをしたの」恥ずかしさに心もつぶれる思いで一気に打ち明けた。「賭《かけ》に勝って借金を返そうと思っていちかばちかやってみたけど、うまくいかなかったわ。そ、それからそれへと借金がかさんで、今ではどっぷり深みにはまっちゃって。あなたが助けてくださらないと」彼女は言いすぎたと悟って、尻すぼみに話をやめた。

だが彼はやめさせなかった。「それで？」

ジョアンナは肩をすくめて答えを拒否し、焦点のぼやけた目で彼を見上げた。「助けてくださる？」

だが、ジンのせいでもうろうとした目にも、サンドロの怒りの表情ははっきり見て取れた。

「もしもきみがその男に金を返さなかったら、どうなるのか知りたいね！」彼は頑固に言い張った。

彼女のほうでもめらめらと怒りが燃え上がり、ブルーの目をきらめかせて非難の言葉を投げつけた。「あら、あなたはその答えを知ってるはずよ、サンドロ。以前あなたはわたしを自分の思いどおりにしようとして、そっくり同じ手を使ったじゃない！」

「いったい全体どういう意味だ？」

「脅迫よ！」ずばりと言って、軽蔑するように笑った。「あなたはプレッシャーをかけて、わたしに高いハードルを越えさせようとしたわ。あれはせいぜい礼儀正しく言っても、脅迫としか言いようがないんじゃない？」向かい側の椅子に座ったサンドロの体が、怒りに徐々にこわばって警告を発している。それを無視して、思い出すふりをした。「ああ、今も覚えてるわ。わたしのは〝セックスにたいする病的な嫌悪〟っていう、あれだったのよ。あなたは自分の体を道具にしてわたしに無理強いしたけど、あの男はわたしをいいようにする手段としてわたしの借金を利用してるだけの話だわ！」

4

「無理強いした覚えはない！」

でも〝愛が交わせないなら出ていけ〟と言うのは、無理強いしたも同然じゃないの――

ジョアンナは胸の内で反発した。結局、追い出す手間を省いてやって自分から出ていったのだ！

「話をはっきりさせようじゃないか」彼はむっとした様子で続けた。「つまり、ある男がきみに貸した五千ポンドの代償にセックスを強要してるってことだな？」

「そうよ！」そう言いたかったのだ。ジョアンナは唐突にグラスを置くとふらふら立ち上がり、背を向けて震える口元に手をあてた。

サンドロはやおら腰を上げた。彼女が発作と闘っていると知って怒りは不快な表情とすり代わった。以前にもこんな場面に居合わせたことがあったのだ。彼はしばらく眺めていたが大きな吐息をもらした。「大丈夫だよ、ジョアンナ。気をらくにしたまえ。ここにはきみに手を出す者は誰もいないから」

「ごめんなさい」ジョアンナは口に手をあてたままささやいた。今度ばかりはサンドロも、彼女が謝ってもなじらなかった。すっとそばを離れて窓辺で外を眺め、立ち直るまで一人にしてくれた。

だがどうしたことか、そのささやかな思いやりは彼女をひどく傷つけた。目に涙があふれる。なぜかは自分でも理解できなかったし、説明もできなかった。ただ、立っている彼の様子と関係があるようだ――グレーのズボンのポケットに両手を突っ込んで肩を張り、頭を高くもたげている。

孤独……。

それで心が痛んだのだ。二人の間には体の面でも感情の面でも大きなへだたりがあった。わたしが作り出した深淵《しんえん》にサンドロは橋をかけようとしたものの、難工事だと悟ってそのままそっとしておいたのだ。それなのに、さっきわたしはなんてことを言ったのだろう？　彼がごくたまに橋をかけようと試みたときのことをあげつらって非難してしまった。ジョアンナは絶望にさいなまれ、口元にあてた手を下ろしてこぶしを握りしめた。あれはどう考えても、フェアじゃなかった。かつてはあれほど求め合っていたのに、今の二人ときたら、お互いに相手がいないほうがいいらしい。

サンドロは身体を半ばジョアンナのほうに向けた。そのすらりと背の高い半身が彼女の渇望をかき立てた。「きみに金をあげたらどうする？」

「借金を払うわ」いずれ返す、とは言えなかった。それだけの金額を貯《た》めるには、ウエイトレスの乏しい給料では何年もかかるだろう。だから、その代償に離婚を申し出たのだ。

「で、その男のクラブで働くのはやめるのか？」

「もちろん」ジョアンナは、あたり前だと言わんばかりに断言した。「できれば、彼も、彼のナイトクラブも、二度と見たくないわ」

「それから、ギャンブルもやめるね？」サンドロはしつこく追及した。

「もちろんよ」彼女はくり返した。今度は少し感情を害して。

「ことギャンブルに関しては〝もちろん〟という言葉は通用しない。ギャンブルは一種の病気だ。金に困ったという口実で一度でもギャンブルに手を出したら、将来同じ状況になればまたその手を使うだろう。そしたら今度はどうなる？」彼はまっすぐジョアンナのほうを向いた。彼の表情は石のように冷たく真剣で、彼女は震え上がった。「きみはまたここに来るはめになり、ぼくはまた金を払うのをあてにされる。そうやって金を払い続けたあげく、きみはやろうと思っていることを実行してしまうんじゃないのか、ジョアンナ？　きみが今必死で落ち込まないように闘っている、暗く深い穴に真っ逆さまに身を投げてしまうのでは？」

彼はあの穴のことを知っているのだろうか？　ショックに全身がびくりとした。わたしが目覚めている間、四六時中のぞき込んでいる、大きな暗い穴のことを！　あの穴は日増しに大きくなるようだ。

「助けるのは断るっていうの?」かぼそい声で言ったが、それが彼を激高させたようだ。

「何を言うんだ、断っちゃいないよ!」いらいらして怒鳴った。「だが、もう二度とこんなことにはならないって約束をきみから取りつけないとしたら、ぼくはよっぽど間抜けだ!」

「もう二度としないわ」ジョアンナは即座に約束した。だがそれだけでは十分ではなかった。彼が唇をぎゅっと引き結び髪を手でかき上げている様子を見れば、口約束だけで満足しないのは明らかだ。

やがて、彼は太い吐息をもらし、ぴしりと命じた。「そのクラブと男の名前を教えたまえ」

「どうして? な、何をするつもり?」

サンドロは答えなかった。だが、彼が目を上げたとき、ジョアンナはそのまなざしにぞっとした。彼はわたしの手には負えないと思って、自分でことにあたるつもりなのだ!

「さあ、ジョアンナ」彼は険しい表情で促した。「きみはその男も働いてる店も二度と見たくないって言ったが、それなら、それを証明することだ。かかわりのある情報はみんな教えなさい。ぼくが代わって処理しよう」ジョアンナが黙って動こうとしないのを見て、彼は低い声でつけ加えた。「さもないと、ぼくからは一ペニーももらえないよ」

彼の申し出を断ったらほかに行くあてはない。ジョアンナの心は引き裂かれ、そのぎざぎざの裂け目からこぼれ出て屈服した。彼女がその男とクラブの名前を急いで告げると、いかがわしいクラブのうちでも最低のクラブの名を聞いて、サンドロは顔色を変え花崗岩《かこうがん》のように硬い表情になった。

ジョアンナは膝ががくがくして手近な椅子にへたり込んだ。そこへサンドロが険しい顔でずいと歩み寄った。厳しいまなざしに引き結んだ口――つくづくいや気がさしたといった表情だ。当然でしょう？　わたしだってまったく同じ気持ちなのだもの！　彼女は震える手を額にあてた。あんなにジントニックを飲むんじゃなかった。頭までずきずきする。

「ルカ？」サンドロの険しい声がうつむいた頭の上で鞭《むち》のように鳴り響いた。目を上げると、彼は受話器を耳にあてていた。「金庫から五千ポンド出して、ロビーに持ってきてくれ。それから、会社のリムジンとガードマンを二名スタンバイさせておくように。何？」雷を落とさんばかりに険悪な顔できき返す。「いや、護衛のためじゃない！　相手を脅しつけるためだ」

ジョアンナはたじろいだ。サンドロは唇をぎゅっと結んだまま見向きもしないでドアの向こうに姿を消した。彼女は重ねて糾弾された気がした――改めて裁かれ、無能であるとの判決が下されたのだ。

サンドロは五分前とは別人の姿で戻ってきた。ジョアンナは思わず立ち上がり、その変身ぶりに動転して無言で見つめた。彼は着替えていた。チャコールグレーの三つぞろいのスーツを着ている。上質の生地で、外からは見えない縫い目の一つ一つまでていねいに仕立てられ、これ見よがしに金の威力を見せつけている。喉元にはぱりっとした白のワイシャツに細い赤のシルクのネクタイを結んでいた。

権力を誇示したその服装は圧倒的効果を上げていたが、ジョアンナが目をむいたのは、彼がこんな身なりをした狙《ねら》いを悟ってぞっとしたからだった。

優雅な肩に黒のカシミアのコートをはおった姿は威風堂々として、スーツの襟に沿ってゆるやかに垂らした薄手の黒いウールのマフラーや、長い指にはめた黒い革手袋とともに彼の意図をはっきり示していた。きつく結んだ口を開くまでもなく、たちどころに相手に衝撃をあたえる効果を狙っている。

どこから見てもイタリア人だ——漆黒の髪を後ろになでつけた尊大なヘアスタイルから、ぴかぴかに磨き上げた黒い革靴にいたるまで。同時に権力者であり、危険な人物であることも見せつけていた。

「な、何をするの?」せき込んでたずねた。

サンドロはすぐには答えなかった。骨張った顔は板のように無表情で、まなざしは鉄のように、口元は鋼のように硬く、自分の役柄にぴったりとはまっている。彼女はおののきおじけづいた。

「きみの代わりに借金を払いに行く」

「あ、あそこへ行って面倒を起こす気じゃないでしょうね、サンドロ?」おずおずたずねた。「あそこにはいつも用心棒がいるのよ。怖い男で、相手の話も聞かないで平気で殴り倒すわ」

「それじゃきみは、ぼくが自分の身も守れないって心配してるのか? そいつは手ひどい侮辱だな」サンドロは笑い飛ばした。彼女の意見など気にもかけなかった。「やつらに指一本触れさせるものか」

ルカという男とガードマンを連れていくから? ほんとうに大丈夫だと信じてるなら、彼は気が狂っているに違いない、あるいは単に傲岸《ごうがん》不遜《ふそん》なだけなのかも。

「わたしも一緒に行くわ」少なくともわたしはあの連中を知っているし、中には親しくしている者もいる。わたしの言うことなら、拳骨《げんこつ》を振るう前に耳を貸すだろう。だが、こんな態度のサンドロでは……おまけにこんな挑発的な身なりをして。ジョアンナはぞっとした。バッグを捜して必死で室内を見回したが、コートと一緒に階下のオフィスに置いてきたのを思い出した。「バッグとコートを下のオフィスに……」

「きみはここで待っていなさい」彼は滴り落ちる氷水のように冷ややかな声で言った。あわてふためいていた彼女をしゃんとさせるにはそれだけで十分だった。振り向くと、彼は鉄のように厳しいまなざしで見据えている。不意に二人の間にきりきりと緊張が高まり、彼女の背筋に恐怖の戦慄《せんりつ》が走った。

「サンドロ、お願いだからやめて!」両手をもみしだいて懇願した。「あの連中のことはよく知ってるわ! わたしがちゃんと話をつけるから。あなたに怪我《けが》をさせたくないの!」金切り声で訴える。

サンドロは返事もせずにさっさとエレベーターまで行くと、革の手袋をはめた指でボタンを押し、扉が開くのを待ってきっぱりした足取りで乗り込んだ。扉が閉まり、ジョアンナは扉を見つめて立ちつくした。怒りといら立ちと無力感に襲われ、あまりにもみじめだった。熱い涙があふれて目がずきずきする。

サンドロは二時間たっても帰らなかった。ジョアンナは心配で神経がぼろぼろにすり切れ、室内を行きつ戻りつした。椅子に腰かけてみたものの、落ち着いて座っていられなかった。階下からバッグを取ってきてあとを追おうと思い立ち、意を決して恐怖のエレベーターに乗ろうとしたが、いくらボタンを押してもエレベーターは動かなかった。あの無慈悲な男が作動しないようにしたに違いない!

サンドロが戻ったときには、ジョアンナははらはらしながら椅子に座り、靴を脱いで顎の下に膝を立て両手でかかえていた。心配そうな目で彼の頭のてっぺんから靴の先までせわしなく点検すると、膝を下ろして背筋を伸ばした。コートを脱ぎ、手袋とマフラーを取っても、どこにも怪我をした様子はなかった。

「受領証だ」サンドロはなげやりに言い、薄っぺらな紙切れを彼女の膝に落とした。まっすぐキャビネットに行って自分で酒を注ぐ。ストレートのウイスキーらしい。彼女はぼんやり眺めていたが、おもむろに紙片に目を落とした。〝ジョアンナ・プレストン、五千ポンド全額支払いずみ〟と記され、その下にアーサー・ベイツのサインがなぐり書きしてある。「ぼくの姓を使うこともしなかったんだね」サンドロが背を向けたまま言った。答えないでいると、グラスを手にこちらを向き、じっと見つめた。

ジョアンナは耐えきれずにこわごわ目を上げた。「どうもありがとう」

サンドロは無言だった。目鼻立ちの整った細面の顔は表情一つ変わっていない。猛烈に腹を立てている。きっとわたしのことだ――ジョアンナは暗い気持ちで思った。だが何かわけがあって怒りを抑えているのだ。

「あのクラブは最低だ」怒りを抑える気はないらしい。彼女は頬を染め、あわてて目をそらした。「レストランのウエイトレスならまだしも、あのクラブで働くのは自分を侮辱するようなものだ。なぜあんなところへ行ったんだ？」

彼女は肩をすくめて答えなかった。答えてもむだだ。いくら説明してもサンドロには理解できないだろう。しょせんアレッサンドロ・ボネッティのような男には、無一文で誰の役にも立たない人間の気持ちなど何もわからないのだ。

とてつもなく高価なしゃれたスーツを着込み、典型的なローマ人の鼻を突きつけて、わたしを見下ろしていればいいでしょう――まるでわたしが受けた侮辱で自分まで傷ついたみたいな顔をして。そういうことなら、わたしがボネッティの姓を名乗らなかったのを感謝するべきだわ！

「ところで、きみのああいう暮らしはもう終わりだ」サンドロは突然宣言した。「だから、この話は二度としないことにしよう」

話は終わった。ジョアンナは頭を上げて彼を見つめた。今の言葉を信じたくなかった。今の話にはぞっとするような意味が含まれていた。それを信じたくなかった。

「あなたとは二度と一緒に暮らせないわ、サンドロ」ぎこちなく立ち上がる。

「だめかな？」彼はエレガントな腕を、同じくエレガントな胸の前で組んで追及した。

「それなら、これからどこで暮らす気だ？」

如才なくたずねられ、彼女はわなだと知りながらも思わずはまってしまった。「フラットはあのままだし、別の仕事がすぐ見つかるわ！」

サンドロはひと言も言い返さなかったが、ジョアンナは彼が組んだ腕をほどいて近づくのを見て、待ちかまえていた彼の魔の手に自分の人生が転げ落ちようとしているのを悟った。

彼は上着のポケットに手を入れたと思うとすぐに出したので、何か取り出したのをあやうく見落とすところだった。それがなんだかわかったとき、ジョアンナは全世界ががらがらと頭上に崩れ落ちた気がして、椅子にもたれ目を凝らした。

「ど、どこでそれを？」

「どこだと思う？」じらすようにきき返し、小さな写真立てをジョアンナの膝に落とすと、妹の笑顔を見つめている彼女のそばを離れ、彼がこれを持っている理由を一人でじっくり考えるにまかせた。「きみの持ち物はまだベルグレーヴィアの家にある。だが、必要最低限の身のまわりの品だけはあのフラットから持ち帰ったよ」

ジョアンナが呆然《ぼうぜん》と眺めているうちに、彼はエレベーターに戻った。そしてすぐに降りてきた。手にスーツケースを持っている——彼女のスーツケースだ。

「わ、わたしのフラットへ行ったのね！」

「入ってみて唖然《あぜん》としたよ。妻が……いいかい、自分の妻がどんな暮らしをしていたのかを見て頭にきた！　これを……」彼女の膝にそっとバッグをのせた。彼女の持ち物を積み上げる気らしい。

その一つ一つがそれぞれのメッセージを伝えていた。返済金の受領証、それは彼女が今はサンドロに負い目があることを語っていた。ベッドサイドテーブルから持ってきたモリーの写真立ては、彼が彼女の部屋へ入ったことを伝えていたし、彼女のバッグは、彼があらかじめ彼女のフラットへ入る手段を確保していたことをはっきり示していた。それにスーツケースのことも忘れるわけにはいかない。わたしのスーツケースを彼は自分の手でつめたのだ。ということは、わたしの持ち物を泥棒みたいに片端から残らず調べたことになる！

「あなたがほんとにこんなことをするなんて信じられないわ！」

「やったさ、ちゃんとやってのけた。やり残したことは一つもない。きみの部屋は空にして、賃貸契約は解約した。仕事は解雇させ、借金は清算した。何か手落ちがあるかい？」

彼はいやみたらしく無邪気にたずね、穏やかな物腰の下に敵意を燃やしているのを隠さなかった。

「ああ、そうそう。あとはきみのことだ」もったいをつけて言うと、エレガントな靴をはいた足で近づく。のしかかるように椅子の肘かけに両手を突っ張り、彼女を椅子に釘《くぎ》づけにした。まなざしは鋭く表情は厳しい。脅迫者という自分の役どころにのめり込むあまり、彼女をひどくおびえさせていることに気づかないようだ。「きみはミセス・ボネッティとして新たな人生を始めることになる」

「な、何を血迷ってそんなことを言うのか、さっぱりわからないわ」彼の顔が間近に迫り、ジョアンナはびくびくして椅子の奥に体をずらした。

「そうかい？　なら説明してあげよう。これは取り引きなんだよ。つべこべ文句をつけるのも、しつこく値切るのもなしだ。ぼくはきみのために五千ポンドの借金を払い、きみの生活を立て直してやった。そのお返しにきみはぼくの妻として暮らすのさ！」

「よくもそんなことが言えるわね！　それじゃ、アーサー・ベイツと変わらないじゃないの」

それを口にすべきではなかった。彼が冷笑を浮かべ、整った口元にみにくいしわを寄せるのを見て、彼女は油断なく身がまえた。

「おや、ぼくを選ぶほうがずっとましなのは確かだよ」穏やかに言い返す。「男性全般にたいしてゆがんだ見解を抱いてるきみでも、それくらいは判断がつくだろう！」

判断がつく？　むろんわかってるわ！　彼はわたしがそんなに愚かだと思ってるのかしら？　あのおぞましいアーサー・ベイツはもってのほかとして、わたしの知るかぎりどの男と比べても、間違いなくサンドロが上だとわかってる。それでも彼に再びわたしとの生活をさせるわけにはいかない。

二度と、絶対に。

「あなたなんか嫌いよ」ひどい嘘《うそ》に声が震えた。「体に触れられるのも我慢できないような女と、まさか一緒に暮らしたいとは思わないでしょう？」

そう言えば彼はひるんで退却すると思った。そこを狙ったのだ。ところが彼には考えがあったようで、退却するどころか笑い出して彼女を驚かせた。

「嫌いだって？　ぼくが触れるのが我慢できないだと？　きみはこのビルに足を踏み入れて以来ずっと、その目で、ぼくをむさぼり食ってるじゃないか！」

「そんなの嘘だわ！」

「嘘？」彼の厳しい口元が、ほほ笑んでもいないのに上に向かってカーブを描いた。「そうかい、それなら試してみようじゃないか」

いきなり腕をつかんでジョアンナを引っ立てた。彼女はこぶしを握って殴りかかり、自由を奪われた腕を振りほどこうとしてもがいた。

「そんなに暴れて……」彼女の手首を握ってこぶしを受け止め、その手を引っ張って彼女を引き寄せた。「そんなに暴れてまで、後生大事にしがみついてる処女を守るとはね！」

ジョアンナは頭の中が白くなった。光も通さないほど真っ白に。目もくらむ苦痛に、彼女は逃れようとしてますます暴れ狂い、押したり、突いたり、けとばしたり、引っかいたりした。

「放して！」

「絶対だめだ」サンドロはきっぱり言い渡した。「きみはぼくのところへ戻ってきた。もう絶対に出ていかせないぞ！」頭を下げると口を開いてきつく結んだ彼女の唇にかぶせ、彼女がもっとも恐れていたものを使ってわなへと追い込んだ——キスの力で。

サンドロ……。彼女は頭も心も体も荒々しく奔放な欲望に満たされ、張りめぐらしていたバリアは一つ残らず打ち壊された。サンドロのキスは完璧《かんぺき》で、寄る辺もなく地獄をさまよって過ごした歳月のあとでは、まさに天国に触れたような心地がした。凍りついたあとの熱。漂流したあとの固い大地。彼の温かな唇を押しつけられて心がいやされ、彼女は自分の運命を再発見したのだった。

ジョアンナはうめき声をあげた。自分が生き返り、かぶせてあった抑制という覆いの網目をくぐって官能が炸裂《さくれつ》するのを感じる。唇は逃れようとするどころかまつわりつき、心臓が力強く鼓動を打った。固くなった胸の先端が、長い長い眠りから覚めて脈打ち、目覚めさせた刺激に向かって二つのセンサーのごとく伸び上がった。そして体の下のほうの奥深くで、いにしえからの野性の火がついた――この男性でなければ点火できないマッチによって。

サンドロはそれを感じて唇を離した。彼のかすかに開いた唇も湿って脈打っている。

「ぼくのいとしい人《カーラ・ミーア》」彼がささやき、ジョアンナは目を上げた。うるんだブルーの目が彼の思いつめた黒い視線とぶつかった。「こうなるってわかってたよ」

「違うわ」ジョアンナは否定し、なんとか元どおりに覆いをかぶせようとした。だが間に合わなかった。サンドロの黒ずんだ瞳には、彼女のよく知っている光がぎらぎら燃え、頬から熱が発散されて顔は上気している。彼の体は欲望に目覚めてしだいに固くなった。彼女に逃げる隙《すき》もあたえず、いきなり情熱的に唇を合わせたが、その唇も欲望の味がした。

サンドロとはこれまでいく度となくキスを交わした。やさしいキス、なだめすかすキス、からかうようなキスまで――ことに二人の仲がうまくいっていたはじめのころには。たちまち燃え上がる欲望をなんとかなだめるために、やがて情熱的なキスに変わった。結婚後、二人のキスにはつねに挫折感《ざせつ》がつきまとった。彼は貪欲《どんよく》に、ときには怒ったようにキスしたこともあったが、たいていは痛々しく懇願するようなキスで、彼女の心は引き裂かれた。だが今のキスは違っていた。からかうでもなく怒ってもいない。みじめに懇願するでもなく、ひたすら求め合う純粋なキスで、目くるめく歓喜が熱く煮えたぎる奔流となって二人の体内に満ちあふれた。

「だめ、こんなことできないわ」彼女はささやいて体を離し、防御を突破して勝利感に浸っていた彼の妙に生真面目《きまじめ》な表情を見つめたまま、あとずさった。

「なぜ？」彼はそっとやさしくたずねた。

彼女は目に涙をためて、震える声でくり返した。「わたしにはできないの」それからもう一度悲愴《ひそう》な声で言った。「どうしてもできないのよ！」

サンドロは嘆息し、長く濃いまつげを悩ましげにちらりと揺らした。だが、彼は苦痛の色をきっぱり消し去った。「そうだとしても、ぼくたちは今から始めるんだ、ジョアンナ。これで終わりってわけじゃない。さあ、おいで」彼は断固として命じ、彼女の頭がまだショックから覚めやらぬうちに手を引っ張って、また新たなショックに引きずり込んだ。彼女が必死で手を振りほどこうとするのもかまわず、扉が開いているエレベーターへと引っ張っていく。「遅くなった。急がないと間に合わない」

「でも……どこへ？」

「今にわかるさ」サンドロは手首を握ったまま、扉を閉めるボタンを押した。それからジョアンナに注意を戻すと、手首を放して腰に手を回し、壁にもたれた彼女を支えた。エレベーターは動き出し、彼女は目を閉じて突然高まったあらゆる種類の恐怖と闘った——彼が間近にいること、さっきのキスの戦慄すべきなごり、二人の関係の恐るべき行く末を告げた彼の言葉、それに言うまでもなくこの不快なエレベーターの恐怖とも。

「エレベーターがなぜそんなに怖いんだ？」

彼女は青ざめた顔で目を閉じ、歯をくいしばってかぶりを振った。

「きみの心臓はとらえられた蝶《ちょう》のようにばたばたしている」彼はどきどき脈打つこめかみに片方ずつ口づけをした。彼の口が震えるまぶたをそれぞれかすめ、唇の両端にもキスをくり返した。

「やめて……」ジョアンナは頭をかしげてキスを避けながらも、サンドロを放さないように両手で上着の襟をしっかりつかんだ。感情がごちゃごちゃにもつれて、それぞれが安全な落ち着き場所を求めている。こんなに取り乱すのはエレベーターのせいなのか彼のせいなのかも、もうわからなかった。

「とってもきれいだよ」サンドロは彼女を責めさいなむ、あの親密な低い声でつぶやいた。

「もう何年もたつのに、今でもはっとするほどきれいだ」

「あなたにとって、わたしは毒みたいなものよ」彼が憎く、いとしかった。

「きみは毒の味はしない」彼は湿った舌の先で彼女の顎の輪郭をなぞった。「バニラの味がする。バニラは大好きだ……」

「まあ、何を言うの、サンドロ！　こんなの、もう我慢できないわ！」

「こんなって、ぼくのこと？　それともエレベーターのことかな？」かすれた声でたずねる。

「どっちもよ！　両方だわ」

「おやおや、エレベーターは止まってるよ。もう一つ不思議なんだけど、ぼくがそばにいないと死んでしまうみたいに、必死でしがみついてるのは……」

止まってる？　ジョアンナは目を開けて彼の瞳をまっすぐ見つめた。微笑を含み、嘲《あざけ》り、からかうような瞳が情熱に黒ずんで別のメッセージを伝えている。上着の襟をつかんでいた彼女の指がぎゅっと曲がった。「そんなことしてないわ」

「いや、確かにしていた」彼は言い張って、もう一度キスをした。心がうずくほどやさしくて長いキスを。「ほら、まただ、ジョアンナ」サンドロは身を引いて、彼女のまつげが上を向いて絶望的な情熱にうるんだ瞳が現れるのを見守った。「そのままぼくを見つめてごらん。これが今のぼくの姿だ。以前一緒に暮らしていたころのように、扱いにくいきみにこっそり忍び足で近寄るおべっか使いの男とは違う。今のぼくはチャンスがあるたびにきみの防衛区域に侵入するつもりだ。なぜだかわかるかい?」ぼうっとして焦点のさだまらないブルーの瞳に向かってたずねた。「なぜなら、そうするたびにきみの恐怖がやわらいで、歓喜のおののきが増すからだ。興味深いとは思わないか?」

そうかしら? 二年間彼と離れていたせいで、自分でも抑えきれないほど、矢も盾もたまらない気持ちになったのかしら?

「わたしはまともな妻には絶対になれないわ」ジョアンナは心底そう思っていた。それは確固たる事実で、今感じている恐ろしい欲望のうずきですら、この事実を変えることはできないと確信していた。

「そう思うかい?」彼は考え込んでから、ようやく彼女を解放した。「今にわかるさ」

エレベーターの扉が開くと、ずらりと並んだ車の列が見えた。地下駐車場らしい。中でも、黒く輝く富の象徴のような車が一台きわ立っていた。車体の長い豪奢《ごうしゃ》なリムジンだ。

サンドロは彼女の腕を取って、そちらへ連れていった。運転手の黒の制服を着た男が飛び出してきて車のドアを開けた。サンドロは彼女が乗るのを見届けてから車に乗り込んだ。

「どこへ行くの?」車が動き出し、三月の弱い日差しの中へすべるように出ていくと、ジョアンナは思い切ってたずねた。

サンドロはすぐには答えなかった。彼女はベルグレーヴィアの家という答えを予期して体を固くして待ちかまえた。だが予想ははずれた。彼は上着のポケットから何か取り出し、さりげなく彼女の膝に落とした。

「今日部屋を出るとき、これをはめるのを忘れたね」投げやりに言った。「今はめたまえ」

指輪の箱だ。ためらいがちに指を伸ばした。フラットを出るとき、思い出の引き出しにそっとしまってきたのに。その引き出しも調べたに違いない。隠してあったものを見られたのは確かだ。結婚式の写真も……。今とさして違わない身なりの彼と並んで、彼女は流れるような白いシルクのドレスを着て立っていた。飾っておくのがつらくて、ほかのつらい追憶の品々と一緒にしまっておいたのだ。

ジョアンナの首筋にさっと赤みがさし、頬は恥ずかしさでまだらに赤く染まった。指輪の箱を見つめたままじっと動かない彼女のうつむいた頭を、サンドロは心得顔で見守った。ジョアンナはサンドロからの贈り物はどんなつまらない物でも大切にしまっておいた。それを彼に知られたと思うと、彼女の心はひどく傷ついた。

シンプルだが繊細な造りの金のイヤリング、二つのハート形のとめ具がついた細い金のチェーンのブレスレット。彼女のイニシャルをししゅうした美しいレースの縁取りのハンカチは一度も使っていない――彼が外国に旅行したときに特別にオーダーしたもので、あまりに大切で使えなかったのだ。それから、絵葉書の束。結婚するまでの間、彼が一人で旅行に行くたびにくれた葉書で、どの葉書にも〝きみがいなくて寂しい〟と書いてある。ジョアンナの胸に熱いものが込み上げた。そして、くだらない漫画のキャラクター人形のセット。彼の忙しい仕事と、彼女の勤務時間の合間を縫って、二人でそそくさとランチを食べたときに一つずつ集めたものだ。

だが何にもまして彼女の心を傷つけたのは、彼に心の内側までのぞかれたことだった。花束を贈られるたびに、きれいな押し花にしてはさんでいた革の手帳も見られてしまった。熱い涙が込み上げたが、まばたきをして押し戻した。

彼はぴりぴりした沈黙が続くにまかせていたが、やがて手を伸ばして長い指で彼女の顎をそっと持ち上げた。彼女は仕方なく彼と目を合わせた。

「心配しなくても、みんな無事だよ」

またもや涙が込み上げたが、今度もまたまばたきをして振り払った。「サンドロ……」

「これからヒースロー空港へ行く」彼はそう告げてジョアンナをすっかり動転させると、顎から手を離し視線をそらした。「ローマ行きの夕方の便に乗って、向こうでまた最初からやり直そう」

最初から。

呆然として座っているうちに、冷ややかに言い渡された言葉の意味がジョアンナの頭に徐々にしみ込んできた。ローマ――そこではつらい月日を過ごしたのだ。コロセウムを見下ろす、あの美しいアパートメントで。

ローマへ。二人は最初からやり直すためにローマへ戻ろうとしていた。サンドロは今度こそ絶対に前回の轍《てつ》は踏まない決意だ。言葉に出して言われなくても彼女にはわかっていた。アーサー・ベイツに会ってきてからの、彼の言葉や行動の端々から十分そう察せられた。「わたしにはできないわ」

「指輪をしなさい」彼の答えはそれだけだった。

5

二人はロンドンの冷たい灰色の空から地中海の暖かな青い空へ向けて飛び立った。だが、ジョアンナはめったに口もきかず、周囲の出来事にも目を向けなかった。感情に格子をはめられて逃げ場もなく閉じ込められた気分だった。

彼はわたしをあの豪華なフラットに閉じ込めておいて、短時間のうちにあれだけのことをやってのけた。あっぱれなお手並みだわ。アーサー・ベイツと話をつけ、わたしのフラットへ直行して部屋を片づけて賃貸契約を解約し、二人でローマに飛ぶ手はずを整えた上で、わたしと話し合うために戻ってきた。

有能？　知り合ったときから彼は有能な男だった。頑固？　頑固でなかったらおよそ彼らしくないし、これほど影響力のある人間にはなれなかっただろう。意志が強い？　それにかけては疑問の余地はない。彼の成功の土台は、成功を目指すゆるぎない決意に基づいている。

けど、自殺行為じゃないかしら？　苦かった結婚生活を二度も味わおうとするなんて。

だが説得しようとして口を開きかけるたびに、彼はそれと察してジョアンナの座席に手を伸ばし、彼女の手を自分の唇にあてた。手の甲に温かな息をかけ、彼は経済新聞を読みながら彼女の気持ちが落ち着くのを辛抱強く待った。彼女があきらめないかぎりいつまでも手を放さない。この男がいったんこうと決めたら難攻不落なのだ。

「サンドロ……」ジョアンナは彼に手を取られないうちになんとか呼びかけた。

「あとで」彼は新聞から目を離さずに言った。「人前で言い争いはしたくない。うちに着くまでの辛抱だ」

うち……。彼女は短い吐息をもらし、手をもぎ取った。気をもむと、よりいっそう神経がぴりぴりしてしまう。興奮した様子を見せてはいけない。サンドロは人目を引くのを好まない。彼女は言われたとおりにした。いくら彼が憎らしくて憤慨していても、やっぱり彼を人目にさらす気にはなれなかった。

それにしても、ローマのアパートメントには最悪の思い出がつきまとっている。思い出すだけで胸がむかつき、ますます気分が悪くなった。飛行機を降りて待っていた黒いフェラーリのほうへ歩いていくころには、彼女の顔はいちだんと青ざめ、感情を抑えるのに疲れ果てて目が落ちくぼんでいた。

サンドロは素知らぬ顔だった。むろん、そうに決まっている！　彼女がむかっ腹を立てているうちに、車は見覚えのある通りへ曲がった。彼は自分の目標だけを見つめて、彼女がどうなろうとかまわず目的を果たす決意なのだ。

「あなたなんか大嫌い」悪名高いローマの交通渋滞で車が止まった折をとらえて彼女はささやいた。

彼はそれも無視して、カーステレオをつけた。ラジオからオーケストラの大音響が響き渡った。ヴェルディの《レクイエム》だ。彼女はまさにこの場にぴったりだと思ったが、彼は急いでCDに切り替えた。モーツァルトの協奏曲が車内に流れた。

サンドロは優美なアパートメントが立ち並ぶ一画に車を止めた。駐車場は、彼のような大物のためにいつもスペースを空けてあるようだ。エンジンを切って車を降りた彼が助手席のドアを開けたときには、ジョアンナはぐったりしていた。彼はまずシートベルトをはずし、手首を握って彼女を引っ張り出した。ジョアンナは彼を見ようともしなかったが、彼の冷酷などす黒い決意はしっかり伝わった。

そして、そこにあるのは十七世紀の古びた黄土色の壁の建物。かつての美しい宮殿は、ワンフロアーごとに区切られた三階建ての贅沢《ぜいたく》なアパートメントに改築されていた。サンドロはその最上階を持っていた。彼の銀行が建物全体のオーナーなので、頭取の彼が最上階を所有するのは当然だ。もちろん、そこへ行くにはエレベーターに乗らなければならなかった。

サンドロは手首をつかんでいた手を放して、腕を腰に回した。それだけでも背筋がぞくぞくするのに、彼は予告したとおりチャンスを逃さず、その手を愛撫《あいぶ》するように動かした。抱きしめられたら骨がぽきんと折れそうなほど彼女はこちこちに固くなった。

「荷物は?」ジョアンナははっとしてきいた。ふくれあがる悪夢に気を取られて、荷物を受け取らないまま空港を出てしまった。

「荷物はいらない」冷ややかに答える。サンドロが腰に回した腕で彼女を前に押しやるので、腕の重みがこわばった背骨にずしりとかかった。

二人はアパートメントの豪華なロビーに入った。壁のフレスコ画は美しく修復され、値のつけようもない貴重な家具が二人を取り囲んでいる。エレベーターは彫刻をほどこしたオーク材の扉の背後にたくみに隠されていた。彼女はしだいに吐き気がつのり口元に手をあてた。「気持ちが悪いの」

サンドロはそれも無視してエレベーターを階下に呼び寄せ、彼女を連れて乗り込んだ。オーク材に赤と金を取り合わせた豪華な内装で、奥の壁には金縁の鏡がはってある。ジョアンナは鏡に映る幽霊じみた自分の姿にあわてて背を向け、気がつくとサンドロの広い胸に顔を埋《うず》めていた。彼は赤ん坊のように震えている彼女をそのままにして容赦なくエレベーターを始動させてから、彼女を抱きしめた。

「わたしにはできないわ!」ジョアンナは彼の胸に向かってむせぶように訴えた。彼の心臓がたゆまず鼓動を打つのが伝わる。

「黙って」彼はなだめて、頭のてっぺんにそっと口づけした。「できるよ。きみはできるとも」

議論をしてもむだだ。こんなに、岩のように決意が固くては何を言っても通じないだろう。

エレベーターが停止した。彼はジョアンナを助け降ろすと、厚い赤のじゅうたんを踏んで奥行きが六十センチもある枠にはめ込まれた、両開きの扉の前に抱きかかえるようにして連れていった。その扉を境として、彼女の本物の悪夢が始まったのだった。

サンドロはキーを回し、大きな扉を内側に押し開いた。先に室内に入りジョアンナを促したが、彼女は悪夢のような記憶が周囲をぐるぐる円を描いて回っていて、どうしても敷居がまたげなかった。内部は、由緒ある古い建物と調和を保つよう上品に改装されていた。天井が高く広々としたこの部屋は格別優美だ。彼は三年前、もやもやした暗い予感と闘いながら彼女をここへ連れてきた。結局、すべてががらがら崩壊する結果に終わったのだが。

「我慢できそうもないわ」かぼそくささやいてサンドロにしがみついた。片手の指を彼のシャツの胸に、もう一方の指は苦しげに背中に這《は》わせて。

「いとしい人《カーラ》」彼は腕を回してジョアンナをなだめ、しっかり支えて自分の体にもたれさせた。「ぼくを信頼することを覚えなきゃ……」

信頼の問題じゃないわ。防衛本能の問題よ。「ホテルに行かせて、せめて今夜だけでも！　お願い、サンドロ！　ここにはいられないわ」

「前進するには幽霊とまともに向き合うしかないんだ」彼はきっぱり結論を下した。「ぼくも一緒に対決するよ、ジョアンナ。さあ、おいで」促して敷居をまたがせようとしたが、彼女は強情なろばのように足を踏ん張り、頑として動かなかった。「ジョアンナ、やめないか」彼はいら立って嘆息した。「ここを怖がるいわれはないじゃないか！」

ありますとも！　大いに怖がる理由がある。「放してくれなきゃ悲鳴をあげるわよ」

「そんなばかな！」堪忍袋の緒が切れて、サンドロは怒鳴った。「きみはヒステリーを起こしてるぞ」

ヒステリー？　そうよ、確かにヒステリックになってるわ。ここにはいたくないし、こんなことはしたくない。サンドロは幽霊をけしかけてわたしを脅しているのだ。なんとしてもここを出て……。

「知ってるんだよ、ジョアンナ！」彼はかすれた声で言った。「そんなことをしても隠し通せるものじゃない！　以前一緒に暮らしてたころ、きみがぼくを拒んだ理由はわかっている！」

わかっている？　彼女は一瞬ぎょっとしてぼんやりとサンドロを見つめ、それから頭から否定した。むろん、知らないに決まってる！　知っているはずがない。モリーのほかには誰も……。それにモリーだってほんのちょっと知ってるだけだもの。サンドロが知っているわけがない。それとも、もしかして……。「なんのこと?」

彼の表情は厳しさを増し、きっぱり決着をつける決意を示していた。「きみにはわかってるはずだ。結婚する前の週に起きた事件のことだよ、きみが襲われた夜のことだ」容赦なくはっきり口にした。「夜遅く仕事から帰る途中で……。知ってるんだよ、カーラ」心を痛めた口調でやさしくくり返した。

彼女は体の内部でばねがはじけたようにぱっと飛びのいた。周囲がぐるぐる回り始める。

「嘘《うそ》。知ってるはずないわ」

「よく聞くんだ」彼は説得しようとした。

「いやよ!」ジョアンナは凶暴な目をして蒼白《そうはく》な顔であとずさりした。サンドロはそんな彼女を思いやりをもって悩ましげに見守り、そのまなざしは彼女を真っ二つに切り裂いた。

「知ってるなんて、嘘ばっかり……」彼が一歩前に出るのを見て、さらに言った。「あなたには知られたくないわ!」

「けど、ジョアンナ……」

「あなたには知られたくないの、サンドロ。あなたには絶対に!」悲痛な声で苦しげに叫ぶと、よろめきながらエレベーターのほうの壁まで下がり、なおも壁伝いにあとずさりした。

サンドロは厳しい同情のまなざしでじっと見守っていた。

ているようだ。

「そんな目で見ないで」彼女は追いつめられ、裸でさらされているような気がした。熱にうかされた頭にぼうっと暗い影が浮かび、不気味な巨体が無言で動き回って忍び笑いをしているようだ。

サンドロまでが、おびえた動物に近寄るように忍び足で彼女に近づいた。「ことは明るみに出てしまった！」彼はせっぱつまった声で言った。「もう秘密にしてはおけない！」

「嘘よ」ジョアンナは耳を貸そうともせずにかぶりを振ってくり返した。「あなたは知らないのよ。あなたには知られたくないわ」

「どうして？」彼は困惑した様子でつらそうに問いつめた。「なぜぼくを信頼しない？どうしてぼくをしめ出さなきゃいけないんだ！」

ジョアンナは答えるどころではなかった。エレベーターの木枠を指先でたどり、扉を開ける。首を曲げて横目で見ると、開いた扉の奥からこちらを見つめている自分の姿が見えた。遠くからサンドロの声が聞こえた。低く抑えた声で部屋へ入ろうと誘っているらしい。でもあのことは話したくない！　ここにいるのはいやよ！　逃げ出そう――何もかも頭上に崩れ落ちてこないうちに。

「ジョアンナ」

彼女はエレベーターの開いた扉に身を投げるように飛び込んだ。すると、突然ぽっかりと巨大な暗い穴が空いた――何カ月も慎重にその縁を避けて歩いてきた穴が。今度ばかりは真っ逆さまに落ち、いつまでも落下を続けたあげく、無重力と暗黒の奇妙な感覚のほかはいっさいわからなくなった。すべてを包み込む恐ろしい暗黒に頭が麻痺《まひ》して……。

現実の世界に這い上がるのは長く苦しい道程だった。這い上がったと思ったとたんに、指をかけた穴の縁が崩れる。またもやすべり落ちて恐怖と苦悶《くもん》にすすり泣き、挫折《ざせつ》感に歯をくいしばった。とっかかりをつかみ、もう一度必死で這い上がる。絶対に成功しないのでは、一生この穴の絶壁をよじのぼってはまたすべり落ちる運命なのでは、とおびえながら。と思うと、見覚えのある幽霊の顔が穴の縁からのぞき込んで、彼女のむなしい努力をあざわらった。その顔はスキンヘッドの若いちんぴらの顔になって流し目をくれたかと思うと、アーサー・ベイツの顔に変わって、この暗い牢獄《ろうごく》から出たらどんなことになるか貪《どん》欲《よく》な目で警告した。

それからモリーが現れた。恐ろしい男どもを押しのけ、安心させるようににっこり笑いかけて片手を伸ばし、つかまって上がるよう促した。しかしその手には、いつもあと数センチのところで届かなかった。ジョアンナはいらいらしてべそをかいた。「そんなのひどい。届かないわ」

「静かに」つぶやく声がした。「ぼくはここにいるよ。しっかりきみをつかまえる」

彼女は眉を寄せた——モリーの声ではない。サンドロの声だ。見上げると、彼が穴の縁からのぞき込んで腕を伸ばすのが見えた。彼の腕はモリーよりも長くて、どうにか手首をつかんで上へ上へと引き上げた。穴の縁から彼女の体をぐいと引き上げ、二度と転げ落ちないように少し離れた地面に横たえた。

ジョアンナは安心感に包まれ、にっこりしてサンドロに感謝した。彼は毛布を顎まで引き上げてやった。「眠りなさい。もう安心だよ」

彼女はようやく、温かな腕に抱かれ保護されているのを感じながら穏やかな眠りに落ちた。


目を開けると、床から天井まで届く窓のシルクのカーテンを通して、クリーム色と淡いブルーに塗った壁に日の光がさしていた。すてきな部屋だわ。彼女は覚めきらない頭で考えた。天井が高く広々とした感じも、二色のパステルカラーの微妙な色使いもすてきだ。すがすがしくて気持ちが休まる。誰の部屋かしら？　ここはどこ？　何か恐ろしいことが起きたような気がして眉をひそめたが、すぐには思い出せなかった。

そのとき、不気味に引き延ばした声でそっけなくつぶやくのが聞こえた。「気分はどうだい？」枕《まくら》の上で頭をめぐらせると、サンドロがベッドわきの安楽椅子に背をもたせかけていた。顔をこちらに向け、無表情な目でじっと見つめている。最後に見たときに着ていた威圧的な正装は脱いで、カジュアルな麻のパンツと黒のポロシャツに着替えていた。

威圧的な正装――胸の内でくり返すうちに、突然恐ろしい勢いで記憶がよみがえった。自分がどこにいるのか、なぜ寝かされているのか、そしてサンドロがこんなふうに、まるで三時間もひたすら彼女を眺めていたかのように座っているわけも。あのことを知っている彼が……。

「どうしたのかしら？」彼女はなんとか時間稼ぎをして、その間に新たな事態に対処しようとした。

「覚えていないのか？」

「あんまり」嘘をついた。ジョアンナは詳しい点まではっきり思い出したが、それを認めると現実と向き合わなくてはならない。今の彼女はそれには耐えられなかった。「あなたと言い争ったみたいなぼんやりした記憶が……。わたしたち、喧嘩《けんか》したの？」

「まあ、そんなところだ」彼はゆがんだ微笑を浮かべた。「そのうちきみの……具合が悪くなった」具合が悪い？　ただ具合が悪いだけじゃない。わたしはサンドロに知られたことを認めるのがいやで、大口を開けていた地獄の穴に身を投げたのだ。

「ここはどこ？」

「ローマ。ぼくのアパートメントだ」彼は疑わしそうに目をほそめて言った。「きみはここで気を失った。正気づく気配がなかったので医者を呼んだよ」

お医者様を？　まあ！　どれくらいの間寝かされていたのだろう？「お医者様はなん

て？」おそるおそるたずねた。

サンドロは薄い上がけの下のほっそりした体を批判的な目でちらりと見た。ジョアンナはそのときになってはじめてTシャツらしきものを一枚しか着ていないのに気づいた。急いでまつげを伏せ、突然かっとほてった頬を隠した。誰かが服を脱がせたのだ――彼のほかにはあり得ない。

「医者は、ねずみを生かしておくほどの食事もしていなかったところへ大きなストレスが加わったせいだと言っていた」

「インフルエンザが治ったばかりだから、そのせいかも」わなわな震える手を額にあてて顔を隠す。サンドロは何も言わなかった。ジョアンナには目を上げて彼の表情を確かめる勇気がなかった。「喉が渇いたわ」紙のようにかさかさの唇と舌を湿したい。

彼はすっと立ってベッドサイドテーブルに歩み寄った。そこでは氷水を満たしたクリスタルの水差しとグラスが日の光にきらめいていた。ジョアンナは彼が水を注いでいる間に身を起こそうとしたが、頭がくらくらしてまた額に手をあてた。

サンドロが注ぎかけていた手を止めて、片手をさし出した。ジョアンナは感電するようなショックを恐れて本能的に身がまえた。その手は一秒ほど中空でためらい、その長く感じられた一秒の間、彼女は歯をくいしばった。室内には緊迫した重苦しい静寂が立ち込めた。彼の手はすぐに向きを変えて枕を取り上げ、もたれかかれるように置き直した。彼女はやむなく枕にもたれた。気弱になって涙が出そうだった。

サンドロは静かに待っていた。彼女は我慢できなくなって目を開き、さし出された氷水のグラスをくい入るように見つめた。どうしたら彼の指に触れないでグラスを受け取れるかしら？

「ぼくは怪物じゃないんだぞ」彼はジョアンナの胸の内を的確に悟り、むっとして言った。

「ありがとう」もぐもぐつぶやき、思い切ってグラスを受け取る。謝りたかったが怒られそうで、黙って冷たい水をすすった。こんなに間近に立っていられるとおびえてしまう。向こうへ行ってくれないかしら。一人になって昨日の破滅的な出来事について考えてみる時間が必要だ。

彼女はふと眉をひそめた。あれは昨日のことかしら？　今日が何日か、今何時かわからないが、日差しから察すると少なくとも一日たったのは確かだ。もしかしたら何日も寝ていたのかも。あの真っ暗な穴から這い上がろうともがきながら。

「どれくらい寝ていたの？」彼女はたずねた。

サンドロは椅子に戻った。そばに立っていられるよりはましだ。彼はものやわらかな皮肉めいた口調で説明した。「今日はきみが新しい生活に入って二日目だよ、カーラ。最初の日の残りは半ば昏睡《こんすい》状態だったから」

彼は不意に立ち上がると、ジョアンナの手からグラスを取ってわきに置き、彼女のほうにかがみ込んだ。頭を下げて彼女の視線をとらえようとしたが、彼女はすばやく目を伏せた。すると彼は厳しい決意にきらめく自分の瞳と目が合うように、手を添えて彼女の顎を上げた。

「いいかい、きみがぼくのことをどう思おうと、きみをベッドに寝かせるはめになって、ぼくが良心の呵責《かしゃく》を感じていようと、昨日のことが元に復するとは思うなよ。そうは問屋がおろさないからな！　今ではきみの秘密は明るみに出ている。きみはずっとここにいるんだ」サンドロはきっぱり宣言すると背を向けて部屋を出ていった。

ジョアンナはまた頭がくらくらして吐息をついた。なぜ自ら進んでこんなはめに陥ってしまったのだろう？　サンドロだって、あんな地獄みたいな生活を二度も味わいたいはずがない！　彼もわかってるはずなのに。結婚する前の週までは、ジョアンナは彼に触れずにはいられないほどだった。そのころ彼は、本店をロンドンに移す大がかりな移転作業の最後の点検のために、ローマに来ていた。モリーが自立するまではロンドンにいようと決めていたのだ。

モリー……。淡いブルーに塗った天井が涙でぼやけた。ジョアンナの目には妹は、意志が強くて自立心旺盛《おうせい》な自分とは正反対に見えた。そうはいっても、ジョアンナはそうならざるを得なかったのだ。十八歳のときに、母が長患いの末に亡くなった。ほかに頼る人もなく、十四歳だった妹の世話を全面的に引き受けることになった。祖父もその四年前に亡くなっていた。自分が保護する立場ではなく保護されていると実感できた時期は、祖父の死とともに終わりを告げたのだ。

だがそれは別の話で、今さら蒸し返してもはじまらない。彼女はモリーがいなくて寂しいのと同じくらい、今でも、祖父とケント州にあったささやかな農場が恋しかった。

実はモリーは父親の違う異父妹だった。母は自分でも認めていたように多くの男性を愛したが、誰とも結婚しようとはしなかった。そのため、とかく一般の社会通念にしたがいたがる世のならいにもれず、ジョアンナもモリーも両親そろった昔ながらの典型的な家庭にあこがれていた。

しかし現実は違い、モリーもジョアンナも、つらい子供時代を過ごした。いちおう家と呼べるものはあった。祖父の死後、母はロンドンのイーストエンドにある貸間に移った。子供たちにそこそこ食べさせ、服を着せ、健康に育てるために、母は働きづめに働き、その間ジョアンナがモリーの世話を引き受けた。母が病に倒れてからは、母の世話も。そんなわけで、母の死後、モリーの面倒を見るのはそれほど重荷とも思わなかった。慣れていたのだ。母が借りた部屋に住み続け、妹が学校を出るまで時間の許すかぎり働いた。

モリーは利発だった。内気で勉強好きで、信じられないほど美しかった。ブロンドの髪とブルーの瞳、愛らしくやさしい顔立ち。モリーが大学に進学して何かを身につけ、一生宝物のように大切にしてくれるすばらしい男性と出会うことを、ジョアンナはひそかに夢見ていた。

だが、すばらしい男性と出会ったのはジョアンナのほうだった——まるでモリーのために描いていた夢の中からサンドロがそのまま出てきて彼女自身の夢になったように。

あのときは魔法にかけられたみたいだった。毎晩夕方から働いていた裏町の小さなイタリアンレストランに、ジョアンナは思いをはせた。あのときの彼はとびきり上等の服を着て息をのむほどハンサムに見えたっけ。彼女はそれまで、サンドロのような男性と間近で顔を合わせたことはなかった。

サンドロはヴィトウを訪ねてきたのだが、結局一晩中ジョアンナに見とれて過ごした。どうやら美しい赤い髪のウエイトレスに惹《ひ》かれたらしかった。彼女は明るく陽気だったが、彼がイタリア人特有の、女を口説く非凡な才能を発揮して気を惹こうとすると、逆に引っ込み思案になった。

サンドロはジョアンナがその晩の勤務を終えるのを待って家まで送っていった。ひと月もしないうちに彼はレストランでも、モリーと一緒の狭い部屋でも長々と居座るようになった。ジョアンナもまた彼を盲目的に愛し、彼の名前も職業もたいして気にとめなかった。彼がスピードの出る車に乗り、デザイナーブランドの服を着ていることも、さして重要とは思わなかったし、商用でたえず外国へ出かけることも気にならなかった。

問題が起きたのは、彼がプロポーズしてローマで暮らそうと言ったときだ。モリーを置いていくわけにはいかなかった。モリーは当時十七歳で学校を卒業するにはまる一年残っていた。

サンドロはそんな事情を受け入れてくれた。今振り返り、彼女が彼の行く手に投げた障害物をことごとく受け入れてくれたことを思うと、驚くほかはない。〝ずっと二人で暮らしてきたのに、今になって見捨てることはできないわ〟

〝よし、それならほかに方法を探そう〟そして彼のほうがロンドンに来ることにしたのだ。〝宇宙の果てへだって引っ越すよ。それできみと一緒にいられるのなら〟と言って。

そんなある夜、ジョアンナは自分がまだ処女であることをおずおずと打ち明けた。あとになって、愚かな口を閉じておくべきだったと悔やんだのだが。というのは、そのときサンドロは彼女のすべてを奪おうとしていたからだ。二人はつき合うようになってはじめて、モリーのいない部屋で一晩過ごすチャンスに恵まれた。モリーが友達の家に泊まったのだ。服を脱ぎかけ夢中で愛撫を交わすうちに、彼女はふと、あらかじめ言っておかなくてはと思った。

サンドロは唖然《あぜん》とし、ついで狂喜した――彼女が気を悪くしたほど。「信じられないな」彼はにやりと笑った。「ぼくはこの腕に血の通った本物の天使を抱いている。その天使を独り占めするんだ！」

「天使なんかじゃないわ！」彼女は不服を唱えた。「忙しくて深い仲になる暇がなかっただけよ」

そのとき災いの前兆を見て取るべきだった。以来彼の態度は一変して情熱を抑え、チャンスのあるたびに誘惑するのもやめた。そうしてジョアンナを彼の内に潜む悪い狼《おおかみ》から守り、いとおしむべき特別な存在として扱うようになった。

「きみは特別だよ」彼は弁解した。「結婚の初夜は特別にしたいな。ぼくと結ばれるときは白い服を着てほしい。そして、ぼくはきみと並んで立ってこう考える。この女性は特別で、汚れのない体でぼくと結ばれるのだ！　男として、愛する女性にそれ以上何を望む？」

そのときから気になり出したのだ――サンドロはわたし自身よりも、わたしの純潔を愛しているのではないか、と。

だが、何しろ忙しかった。ジョアンナはウエディングドレスや嫁入り支度の費用は自分で払うと言い張って、相変わらず二つの仕事をかけ持ちしていた。日はどんどん過ぎて、ほかにも考えなくてはならない大事なことにまぎれ、サンドロが純潔にこだわっていることをとりたてて考えもしなかった。彼の大勢の親族とのお目見えも心配だったし、ベルグレーヴィアにある美しい家に移り住むのも不安だった。それにモリーのことも気がかりだった。モリーは急に大学へは行かないと言い出し、就職して友達と一緒に暮らすと言い張った。二人に水入らずの新婚生活を送らせようと思ってのことだろう。

そんなわけで、結婚式の一週間前にあたるその夜、ジョアンナは仕事から帰る地下鉄の中でも心配事に心を奪われていた。思案にふけっていて車内の妙な雰囲気に気づかなかった。あとになって――そう、自分の人生が崩壊し、サンドロの人生までそれに引きずられて崩れたあとになって気づいたのだ。

彼はあの地獄のような暮らしに戻ることを本気で考えているのだろうか？　彼女はうつうつと思案した。わたしがあんなだった原因を知ったからには、今度は前とは違うと思っているのかしら？

そうなら、彼は間違っている。あの夜の真相は誰も知らないのだもの。わたしは誰にも、モリーにさえ言わなかった。何も変わらないだろう。変わるはずがないし、変われるはずもない。

寝室のドアがぱっと開いて、サンドロがコーヒーと焼きたてのトーストをのせたトレーを運んできた。仕事着に着替えた彼はさっきとは別人に見えた。鉄灰色のスーツに白のYシャツ、喉元には黒っぽいシルクのネクタイを結んでいる。

「ちょっと出かけてくる」トレーを彼女の膝に置いて言った。「用があったら、電話のそばのメモに携帯電話の番号が書いてあるから」

「なら、この囚人は電話をかけるのは許されているのね？」ジョアンナは辛辣《しんらつ》に言った。

彼は答えずに口を引き結んだ。「一時間ほどで戻る。できるだけ食べて、よく休むことだ。あとでまた話し合おう」

話し合う！　何について？　ジョアンナはやきもきしながらサンドロを見送った。これまでのこと？　現在のこと？　それとも今後のことかしら？　どれについても話したくない。食べたくもないし、休みたくもない。ここを出たいだけ！　ここにはいまわしい記憶が潜んでいる。一人になって考える時間が必要だ。それも、今すぐ。サンドロがそばで見張っていない今のうちに！

6

ジョアンナは朝食のトレーを膝から押しのけ、あわててベッドから這《は》い出した。立ち上がってみたが、生まれたての子猫みたいに脚がふらつく。シャワーを浴びればしゃんとするかもしれない。室内を見回すとドアがあった。バスルームのドアらしい。

十分後彼女は、都合よくバスルームのドアにかけてあった雪のように真っ白なバスローブをまとって寝室へ戻った。さっぱりして、気分もいくらかよくなったようだ。バスローブはかすかにサンドロのにおいがした。このにおいは彼特有のものだ。それに、彼のせっけんを使ったので体中サンドロのにおいがする――彼女は顔をしかめた。

ところで、何を着よう。さし迫った問題を考えた。手荷物は何もない。つまり、彼は本物の結婚にこぎつけるまで、本気でわたしをここに閉じ込めておく気なのだろうか？

恐怖が体を貫き、はずみで勢いよくワードローブの扉を開けた。サンドロの服が見つかると思っていたが、あてがはずれて眉をひそめた。

目にしたこともないような、しゃれた婦人服がつまっている。一年ほどサンドロと暮らしていたときにも、こんな服は持っていなかった。

もっともジョアンナは自分の服は自分で選ぶと言い張って、彼が大金をはたくのをかたくなに拒んだのだ。昨日着ていたディオールのスーツなどをのぞけば、彼女の服は上質だがデザイナーブランドではなく、ましてこのような服にはおよびもつかなかった。誰のものかしら？　彼女は自問し、答えに思いあたって背筋が硬直した。

サンドロの愛人のもの？　不意にまた気分が悪くなり、ここを逃げ出すこと以外は考える余裕がなくなった。胸をどきどきさせ、震える手でジーンズと白のTシャツをハンガーからはずした。まだタグがついたままだ。彼女はほっとしてしゃがみ込みそうになった。つまり、ここにある服はみんな新品なのだ。その上彼女のほっそりした体型にぴったりだった。愛人のものでないとしたら、彼がわたしのために買いそろえたに違いない。

新しい服、新しい生活。

またもやパニックに襲われ、ジョアンナはそこら中を引っかき回して足にはくものを探した。軽い革のサンダルを見つけ、はだしの足を押し込む。洗い髪が顔のまわりに垂れかかったが、ローマの温暖な気候のおかげですでに乾きかけていた。

ようやくロビーへ下りていく用意ができた。エレベーターに乗るのはほんの数秒だが、あのいまわしい代物を使うという決断を下すのに、さらに貴重な数分を費やした。近くに階段は見あたらない。乗るか、ここにとどまるか、二つに一つだ。

挫折感《ざせつ》が白百合《しらゆり》のように臆病《おくびょう》な心をかむ。同じように、白い歯がふっくらした下唇をかんだ。さあ、そんなに悲観的になってはだめ！　一度いやな目に遭ったからといって、エレベーターがみんな邪悪な場所とはかぎらないでしょう！

前に進み出てボタンを押しながらも、まだエレベーターが来ないことを願っていた。だが、ひゅーという音に続いてかちゃっと音がしてエレベーターは到着した。扉が開き、ジョアンナは油断なく中をのぞいた。エレベーターの扉がこんなふうに目の前で開いたときに起きた事件の記憶と、その後エレベーターに乗るたびに味わったみじめな記憶とが入りまじってよみがえった。

ジョアンナは深呼吸をして足を踏み出し、こわばった指を上げて〝ダウン〟のボタンをぐいと押した。扉はするすると閉じた。目をつぶり、エレベーターが動き出すと両わきでこぶしを固めた。心臓がどきどきする。

ああ、なぜこんなことをしなくちゃならないの？　どうしてエレベーターの中で怖い思いをしてまで、たとえ腹を立てても指一本上げたことのない人から逃げ出さなくちゃいけないの？

わたしの愛する人、わたしが求めてやまない人、一緒にいられるなら宇宙の果てにでも引っ越すと言ってくれたほどわたしを愛してくれた人なのに。

エレベーターが止まり、彼女は目を開けた。だが、ブルーの瞳はみじめに陰っていた。

こんなふうに逃げ出すことはできない、と不意に悟ったからだ。

扉が開いた。ジョアンナは〝アップ〟のボタンを押そうと、ためらいがちに片手を上げた。

サンドロはエレベーターの外枠にもたれてにっこりした――が、怒っている、それも猛烈に。彼の黒い瞳に怒りの炎が燃えているのが見えた。

「これは、これは」皮肉な声が調子よく唱えた。「これはまた、たまげたな!」

「どうして……?」

「なぜきみが下りてくるのがわかったかって?」彼は質問の意味を正確にとらえ、苦々しげに説明した。「誰かがこのエレベーターを使うたびに管理人のオフィスでブザーが鳴る。ぼくはそこでコーヒーを飲みながらおしゃべりを楽しんでたってわけさ」

「わたし……」

「ぼくを捜しに来たのかい?　いい子だな」

「違うの」かすかに頬を染めて否定する。

「ぼくがいなくて寂しかったんだね。きみはもう一秒たりともぼくと離れてはいられないってことか」彼は真面目《まじめ》くさってうなずいた。「こんなに喜ばせてくれるとはね」

「わたしの言うことを最後まで聞いてよ」ジョアンナはぴしゃりと言った。「そんなことを言おうとしたんじゃないわ!」

「ずいぶん元気になったね」いやみたっぷりに言った。「またがみがみわめく女に戻ったようだ」

「出ていこうとしたんじゃないの」

「エレベーター恐怖症を克服しようとしたんだな」彼はうなずいたが、彼女の言葉を信じていないのは明らかだ。「えらいぞ、ジョアンナ」

彼女は吐息をつき、肩を落としてエレベーターの壁にもたれた。「新鮮な空気が吸いたかったの」

「新鮮な空気？　無理もない。なぜもっと早く思いつかなかったんだろう」避ける間もなく、サンドロの手がにゅっと伸びてきて手首をつかみ、彼女をエレベーターの外に引っ張り出した。

「ど、どこへ行くの？」

「奥方のご要望に応《こた》えて、新鮮な空気を吸いに」

サンドロは簡潔に答えた。やがて、彼がドアの一つを開けると、心地よい暖かな陽光がまだらに降り注ぐ戸外に出た。そこは丸石を敷いた中庭で、三方を高い塀に囲まれ、残る一方はアパートメントの壁でふさがれている。中央にはイタリア庭園につきものの噴水が、美しい水しぶきを噴き上げて池にさざ波を立てていた。三方の塀はどれも明るい色に塗られ、いちじくの枝を通して木の下に据えた石のベンチとテーブルに木漏れ日が落ちていた。

「ここなら満足かい？」サンドロは気軽にたずね、彼女を無理やりベンチに座らせると、自分はテーブルに腰をもたせかけ、腕を組んで軽蔑《けいべつ》した目でじろじろ眺めた。彼女は縮み上がって真っ赤になった。

「逃げ出そうとしたんじゃないわ！」もう一度弁明を試みる。「わたし……実はそのつもりだったの」今度はしぶしぶ認めた。「でも思い直して……」

「なぜ？」

なぜって？　まあ、なんてことを！「ほかに行くところがないんだもの、そうでしょう？」

「下りてくる途中でやっと気づいたのか？」

「そうなの」ジョアンナは嘆息した。

サンドロはジョアンナにたいするかんばしくない評価を再確認したように頭を上下させた。それからころりと気を変えたようににっこりした。ジョアンナの心臓が飛び上がるほどにこやかに。いつもそうやって人を唖然《あぜん》とさせるのだ！

「きみは実にかわいい女性だよ」彼はつぶやくと、上着のポケットから何か取り出した。「だからきみが好きなんだ。これをどう思う？」雑誌のようなものをさし出して愛想よくきいた。

ジョアンナはとまどい呆然《ぼうぜん》としながらも、警戒は怠らなかった。あんなに辛辣《しんらつ》な口調だったのが、こんなに急にやさしくなれるなんて信じられない。彼女はさし出されたものを受け取る間も、彼の顔から目を離さなかった。

パンフレットに目を向ける。雑誌ではなかった。ほれぼれするような環境に建てられた美しい赤い屋根のヴィラの写真が載っている。

なぜか祖父のことを思い出した。さっき祖父のことを考えていたからだろうか？　それ以外に理由は思いあたらない。祖父のささやかな農場と、この写真にある広大な地所の夢のような景観とでは比較にもならないのだから。

ヴィラの建物は低く四方に張り出し、壁は黄色で、窓枠やドアはグリーンに塗られていた。いくつかの離れのほか、プールや、フェンスで囲ったパドックもあって、果樹園はもちろんのこと、ぶどうの木の長い列がなだらかな丘に何列も広がっていた。

夢のような環境に恵まれた魅惑的なヴィラだ。

パンフレットの表紙を開くと、イタリア語で印刷されていたが、ほかにもいろいろ写真が載っていた。ワインセラーの内部と思われる写真もあって、古い巨大な樫《かし》の樽《たる》がずらりと並んでいる。そのほか、手入れの行き届いた馬屋が並んだ一画も写っていた。「ぶどう畑に投資を？」あてずっぽうにきく。

「うちの一族はワインの醸造には関心がない」サンドロは反射的に答えた。「きみも知ってのとおり、代々銀行業だからね。けど、ぼくはしばらくあの辺に住んでいたことがあって、その魅力に取りつかれてしまった。きみはどう思う？」

「すばらしいわ」小声で答えた。「空が青くて、広々として、平和で、それに静かそうだし」

「バスも電車もない」サンドロはわざと意地悪くつけ加えた。「数キロ以内には店もない」

そのときポケットの携帯電話が鳴ってサンドロは電話に出た。ジョアンナは立ち上がり、二歩ほど離れてゆっくりパンフレットを眺めた。イタリア語で親しげに呼びかける声がして、電話の相手の名前が耳に飛び込んできた。

「ああ、グイード。チャオ！」

あとはわからなかったが、グイードという名前には聞き覚えがあった。グイードはサンドロの親戚《しんせき》の一人で、ボネッティ銀行で弁護士として働いている。結婚式の立会人にもなってくれた。

サンドロの親族はこぞって、一族の長が人生をともに過ごすことにした女性を熱心に歓迎した。サンドロの母親までもがジョアンナを家族の一員として温かく迎えてくれた。サンドロに似て黒い髪のほっそりした母親の姿を思い浮かべ、ジョアンナの目にうっすらと涙の膜が張った。夫をすでに亡くしていたサンドロの母は、すべての愛を一人息子に注いでいた。息子の願いはすなわち彼女の願いでもあった。

〝これからはあなたはわたしの娘ですよ〟彼女はやさしく言った。〝息子を幸せにしてやってね。そうすればわたしはいつまでもあなたのお友達よ〟なのに、わたしは彼を幸せにできなかった。

「はい《シー》……はい《シー》」サンドロがつぶやくのが聞こえてそちらへ目を向けると、ちょうど彼がにっこり笑い、早口のイタリア語でまくし立てるのが目に入った。

サンドロのところへ戻って以来、彼がこんなにくつろいでいるのを見たのははじめてだ。彼女は寒々とした気持ちになった。あんなに魅力的な笑顔で口元をほころばせるのは見たことがないし、セクシーな低い声があんなに幸せそうに響くのを聞いた覚えもない。ほらまた、生き生きした笑顔で話している。

ジョアンナはパンフレットに目を戻した。彼はこの地所が気に入ったらしい。楽しそうに写真を眺めて買いたそうな顔をしていた。

「で、そこを買おうか。どうする？」

彼女は目をぱちくりさせた。彼が電話を終えたのに気づかなかったのだ。「投資にかけてはあなたはプロでしょう」パンフレットをすげなく突っ返す。

「気に入らないのか？」彼はまた苦い顔に戻った。

「すばらしいと思うわ。そう言ったでしょう」ぴしりとはねつけた。せっかくのお楽しみに水をさして悪いと思いながら。

「それはよかった」彼はさりげなくパンフレットをわきにどけた。「今グイードと契約を結んだところだ」笑顔に戻って言った。「だから、いとしい人《カーラ》、きみが元気なら、明日あそこまでドライブして新しいわが家を検分するとしよう」

予想どおりね――ジョアンナはすくみ上がった。サンドロはテーブルに背をもたせかけ、そんな彼女を悲しげに見守っていた。

「なんの話かわからないわ」

「いや、わかっているはずだ」

軽くからかうような口調ではぐらかされて、ジョアンナの背筋に戦慄《せんりつ》が走った。

「明日はきみの新しい人生の三日目だ」サンドロは調子をつけて言った。今ではその痛烈な文句は、この場の支配者が誰なのかを彼女に思い知らせる、もっとも効果的な常套句《じょうとうく》になっていた。「明日はまずローマを出てオルヴィエートに向かう。行き先はあのヴィラだ。きみと二人きりで。そしてぼくたちの結婚生活が始まるわけだ」

「いやよ」本能的にすくみ上がった彼女は、同じく本能に駆られて反抗し、逃げ出そうとした。

サンドロは腕をつかんで引き止めた。「直面したくないものから逃げるのはもうやめるんだ、ジョアンナ。きみの頭の中でぴたりと閉じていた扉は今は開かれている。そのまま開けておきたまえ」

「話すことは何もないわ」ぴしりと言い返したかったが、せいぜい不安そうに聞こえただけだった。

「きみがぼくに逆らうかぎり確かに何もないだろうな。いいかい、ぼくは今では何が問題なのかわかっている。その問題を解決するつもりだ」

問題はわたしのセックスへの嫌悪感だ。でも、サンドロは問題の真相を知らない。半分も知らない！「出ていかなくちゃ」

「だめだ」サンドロは彼女の腕をきつくつかんで目の前に引き寄せ、両手を細いウエストに回して、厳しい目で張りつめた顔をじっくりと眺めた。怒ってはいないが、容赦のないまなざしだ。その二つの違いははっきりしていた。彼の怒りはジョアンナの気性に火をつけるが、彼の厳しさには、打ちひしがれて泣きたくなってしまう。

「あなたに触られるのがいやなの！」彼の目を見ないようにしながらぶちまけた。

彼は無言のまま、まだらな木漏れ日の中でジョアンナを眺め回した――洗いたての髪から、逃げ出そうとあわてて身につけた服まで。

サンドロは唐突に話しかけた。「きみは見たこともないほどすてきな脚をしているね。そのジーンズをはいていると欲望を刺激されて……」セクシーな低い声は、彼がいつもそんなふうに語りかけていたころのことを思い出させた。彼女は彼のそうした言葉を聞くのをあえてやめるまで、それが自分にとってどんなに大切だったか気づかなかったのだ。

「お願い、やめて」ジョアンナはあえいだ。絶望や狼狽《ろうばい》と同時に、彼を意識して、もろい平常心が乱れるのを感じた。

サンドロは真剣な表情をしていた――金色の毛穴の一つ一つからイタリア人らしい生々しく動物的な官能がにじみ出ているようだ。「きみはぼくと同じにおいがするね。ぼくはそのにおいにどうも惑わされやすくて」

ああ、お願い――ジョアンナは祈った。こんなことを言わせないで！「どうかしてるわ」彼女は逆上してサンドロに突っかかった。「今度は以前とは違うって、どうしてそう思えるの？」

「なら教えてくれ。なぜあれだけの大金をギャンブルですってしまったのか」

お金？　お金が今の話となんの関係があるの？「理由は話したでしょう」サンドロの両手から自由になろうとして、気もそぞろにつぶやいた。彼は微動だにしない。彼女はやけになって叫んだ。「サンドロ、お願い！」

サンドロは素知らぬ顔で言った。「きみのボスだったミスター・ベイツの話では、きみはすごい勢いで金をすってしまったそうだね。あげくの果てにどうなるかちゃんと承知の上で」

「彼の言うことを信じたの？」ベイツの名前を聞いただけで胃がむかつく。「あなたは誰よりも、それが嘘《うそ》だって知っているはずなのに！」

「そう思って当然だろうな。だが、あの男はいかにも、いちばん手近な避難所に女を送り込みそうな気がする」

ジョアンナははじめて彼が何をほのめかしているのかを悟り、唖然として目をきらめかせた。「わたしがわざとあんなはめに陥ったと思ってるのね？」彼の傲岸《ごうがん》な見方に息をのんだ。

「違うのか？　それとも、もっと込み入った事情があったとか」それとなく促し、目を細めて二筋のレーザー光線のようなまなざしで彼女の頭の中のいちばん暗い隅を探ろうとした。「アーサー・ベイツかぼくのどちらかが、きみを襲った男にそっくりなのかい、カーラ？」

ジョアンナは蒼白《そうはく》になった。サンドロの言葉の意味がのみ込めるまで、何秒かの間、唖然として石のように動けなかった。

ついで熱く激しい言葉が傷つけられた魂の奥底からほとばしり出た。「二人だったわ」彼女は訂正した。「二人の男にレイプされたのよ！」暗澹《あんたん》とした嘲《あざけ》りの口調で鋭く切りつけた。「エレベーターの中で！」

サンドロはジョアンナが投げつけた言葉によってその場に釘《くぎ》づけにされ、しばらくそのまま動けなかった。彼女は彼の手をはたき落とすと、さっさとアパートメントへ通じるドアに向かった。喉元に吐き気が込み上げ、あらゆるものから逃げ出したいという切実な欲求に駆られて震える脚を懸命に急がせた。

だが彼女が正面の入り口にたどり着く前に、サンドロの手がぐっと伸びてきて彼女の腕をつかみ、無理やり足を止めた。

「触らないで!」ジョアンナは怒鳴って、もう一度彼の手をはたき落とそうとした。

サンドロは青ざめ引きつった顔で黙っている。それでも腕は放さず、ジョアンナをエレベーターまで連れ戻し、扉が開くと中に引きずり込んだ。彼女は彼から離れて壁の羽目板をにらんで立った。彼が〝アップ〟のボタンを押した。

扉が閉じた。二人を囲む壁の中に重苦しい沈黙が立ち込めた。ジョアンナは目を閉じて息をつめたが、今度ばかりはエレベーターへの嫌悪感とは無関係だった。

エレベーターが止まると、ジョアンナは髪を振り乱し怒りに燃える目でさっと周囲を見回した。サンドロの存在は完全に無視してエレベーターを出ると、さっさと部屋に戻った。

「許してくれ」どこか後ろのほうでサンドロがかすれた声でつぶやくのが聞こえた。

「あなたなんか地獄に落ちればいいわ!」そう答え、勘に頼って歩いていくと、優雅な客間に入った。潜在意識で覚えていたに違いない。同じく直感的にアルコールのキャビネットを見つけて扉を開き、ジンを注いでそのまま飲み下した。

「ぼくは、きみが仕事から帰る途中で襲われたってことしか知らなかった」サンドロがなおも言った。「詳しいことは何も知らない。モリーはぼくとその話をするのを拒んだ。ずかずか踏み込んで、悪かった。残酷で考えが足りなかった」

モリーなのね。ジョアンナは内心腹を立てた。信頼を裏切って彼に話したのは！

「モリーはきみのことが心配だったんだよ、ジョアンナ」サンドロは彼女の妹をかばう必要を感じたらしく弁解した。「誰にも話さないでいると、きみが今に病気になってしまうって、心配していた」

「わたしが妹に話さないから、妹はあなたに話すことにしたのね」ジンのグラスを唇にあてた。手が震えてグラスが歯にあたり、かちかち鳴る。

「きみはモリーにどうしてほしかったんだ？」サンドロは彼女の態度にかっとして嘆息した。「きみはモリーをしめ出した。ぼくもしめ出した。きみを愛していた二人を！」

ジョアンナはぱっと振り向くと、ぎらぎらした目でにらみつけて怒鳴り返した。「これはわたしの問題でしょう。どうしようとわたしの勝手だわ！」

「ぼくたち二人の問題だ！」荒々しく言い返す。「ぼくには、ぼくを愛していると信じていた女が、突然ぼくを忌み嫌うようになった理由を知る権利がある！」

「なら、あなたになんて言えばよかったの、サンドロ？」彼女は問いつめた。「ええと、先週わたしは仕事から帰る途中でレイプされたの、だからあなたに体を許さなくても気にしないで、とでも？」

「ぼくを信頼して愛と支えを求めるべきだった！　ぼくにもそれくらいはできたのに！」

「まさか、冗談でしょう！」彼女は怒りにまかせてジンのグラスを叩《たた》きつけ粉々にした。

「サンドロ、あなたはわたしをいわば台座の上に祭り上げたのよ。わたしが処女であることがどんなにすばらしいか、くどくど言い続けたわ！　結婚初夜は完璧《かんぺき》なものにしたいって。純白で、しみ一つない晴れがましいものに！」

サンドロはくるりと背を向けた――背中を丸め体をこわばらせて。それで彼女はずっと言いやすくなった。みにくい言葉は面と向かって言うよりは背中に向かってぶちまけるほうがずっと言いやすい。

「結婚式の一週間前にレイプされたの！　あなたはローマに行ってたわ。ひどいショックだった。お、恐ろしくて」身を震わせ、両腕をしっかり体に巻きつける。「あのことは口にするのはもちろん思い出すのもいやだった。何もなかったふりをして、あなたが綿密に計画を立てた完璧な結婚の夢の中をずっと漂い続けていたかったのよ！」

「それじゃ、きみは結婚してベッドをともにしても、ぼくの期待に背かないようにふるまえると思ったのかい？」鋭く言い返し、たじろぐほどのまなざしでジョアンナを突き刺した。

彼女は思わず目を伏せた。「ええ、そんなふうに思ったの」

「だがいざとなったら、愛を交わすことはおろか、体に触れるのも許せなかった。どのみち完璧な初夜はだいなしになったわけだ。あのときぼくに打ち明けるべきだった。あのとき説明してくれてたら、きみがいやがるのはぼくのせいじゃないって言ってくれたら！

なのにきみはぼくが苦しむのをほうっておいた。なぜ嫌うのかも言わないまま！」歯ぎしりしてくぐもった声で言った。「ジョアンナ、きみは自分を襲った獣の罪をぼくにつぐなわせたんだ！」

認めるのはつらいけれど彼の言うとおりだ。あんまり申しわけなくて、彼女は不意にこれ以上話す気が失《う》せた。「そのことは話したくないの」そう言うと、くるりと背を向けてドアに向かった。

「だめだ！」怒りに燃える胸の底から噴き出したような拒絶の声に、彼女はぎょっとして立ち止まった。「今話し合わないと！　何もかも明るみに引きずり出して、必要とあればお互いにとことん憤懣《ふんまん》をぶちまけよう。それも、今やってしまうことだ、ジョアンナ。今すぐこの場で！」

「この上まだ何を聞きたいって言うの？　罪をすべて赦免してもらいたいの？　なら、あなたはもう免罪符を手に入れてるわ！」わなわな震える手をむやみに振り回した。目をぎらつかせ、きらめく髪を振り乱し、細い体を挑発的におののかせる。「罪はわたしにあるんでしょう！　あなたを信じて打ち明けなかったから。ほかの男の罪をあなたにつぐなわせたから。あなたの人生をだいなしにしたから」

「ぼくのハートを粉々にしておいて、それに気づきもしなかった」彼はぶっきらぼうに言った。

その言葉は彼女の寄って立つ地軸を揺るがせた。彼がそんなことを言うなんて信じられない！　彼のような男性にとっては、公然とそれを認めるのは実につらいはずだ。彼は思ったままを素直に口にしたのだ。真実を、余すところなく――たとえそれがはらわたがよじれるほどつらい事実であっても！

「だが、きみがしたことはそれだけじゃない」感情を交えない声で淡々と続けた。「きみはぼくの夫としての権利を平然と奪った。ぼくはきみに嫌われて、骨抜きにされてしまった。きみはぼくの男としてのプライドを根こそぎはぎ取ったんだ。きみを愛する男をあざわらい、触れると抵抗した。そうされたらどうなるか、わかっているのか？」

「ああ、どうしよう」彼女はおぼろげながらも、当時のサンドロの気持ちを察してささやいた。

「さて、よかったら、きみのほうの言い分を聞こうじゃないか」感情を押し殺しているときの例にもれず、いつもは完璧に近い彼の英語にイタリア語の甘い響きが忍び込んだ。

「どういうわけであんな仕打ちをしたのか、ぼくには正確に知る権利がある！」

7

びっくり仰天とはこのことだわ！　ジョアンナはあっけにとられた。彼はいったいどうやって話をどんでん返しにしたの？　わたしが好きこのんであんな仕打ちをしたと思っているのかしら？　二人のうち、どちらのほうがひどい目に遭ったのだろう？

「いいわ」ジョアンナはリングの中央に出て戦う決意をしたボクサーさながら公然と宣言した。「血なまぐさい話をちくいち知りたいっていうのね？　オーケー、残らず話してあげるわ！」

彼女はソファーの背に両手をついて身を乗り出し、切れ切れに、だが余すところなく話して聞かせた。自分とあの二人の男のほかに誰もいないのに気づいた瞬間から、彼女を残して二人が立ち去るまでのことを。

ジョアンナの顔からますます血の気が失《う》せ、ぞっとして話すのをやめたときには、サンドロは椅子にへたり込んで両手に顔を埋《うず》めていた。やがてそろそろと手をずらしたものの、黒い頭をいつまでもうつむけている。真相がすべて明かされてみると、彼女の顔を見られなくなったようだ。

「ごめんよ」重苦しい沈黙の中でぽつんとひと言、くぐもった声で謝った。「きみにもう一度おさらいをさせるべきではなかった。が、どうしても……」

彼女はサンドロが息がつけるようになるのを待って、彼の代わりに最後まで言ってのけた。「わたしが〝処女を奪われたこと〟が、あなたがわたしに〝去勢されたこと〟に劣らず野蛮で残酷な行為だったかどうか知りたかったわけね。でも、実際は違ったわ。あの連中はかすり傷一つつけなかったの」氷のように冷たい腕を手で上下にこすりながら話した。「切り傷もなければ打ち身もなかった。あんな悲惨なことが起きたことを示すものは何一つ。だから家に帰ってもモリーに何も言わなかったし、翌日も仕事に出かけたわ、翌々日も、その次の日も……」

「もう、やめてくれ。ジョアンナ、頼む」サンドロはつらそうにさえぎった。

だがジョアンナはやめることができなかった――やめる気もなかった。打ち明け話を始めさせたのはサンドロなのだ。彼が聞きたくなくても、洗いざらいしゃべってしまうまではやめるわけにいかない。

「わたしは純白のドレスをまとって、純潔の花嫁として教会の通路を歩いていったわ。カメラに向かって笑いかけながら……あなたにも、モリーにも、あなたの家族にも。わたしの周囲はもやでかすんでいた。この部屋であなたと二人きりになったとき、ようやくもやが晴れたの。あなたを見てどうしようかと思ったわ。この人は、花嫁は当然処女だと思っている。それで、そう……あとは知ってるわね」

そうよ、あとはサンドロも知っている。どうしても妻になれない妻との暮らしを。彼のもとを去った日には、地獄と化した結婚生活から放免されたことを、彼がひざまずいて神に感謝している姿を思い浮かべた。彼女自身もてっきり同じように感じると思っていた。ところが、サンドロのいない暮らしは、一緒の生活よりも悪かった。彼を愛していたし、彼が恋しかった。もっとも、そばに行くと思っただけで冷や汗が出たけれど。

それで、今は？　今まで心の中に閉じ込めていた秘密をすべて知られてしまった今、わたしたちはどうなるのだろう？

彼は結婚生活をやり直すという決心を後悔しているのでは？　あんなに暗い顔で足元を見つめているところを見ると、悩んでいるのは確かだ。彼女は足をすくわれた気がして、新たなパニックに襲われた。形勢は逆転し、今では彼はわたしを求めていない。それこそ耐えられない。

「ごめんなさい」喉をつまらせて謝る。背を向けて走り出し、ホールを駆け抜けて今朝の部屋に戻った。

ドアを閉めてから、後ろ手にハンドルを握って背をもたせかけ、今にものみ込まれそうな恐怖の発作をしずめようと二、三度小さく息を吸った。

二度までもサンドロを失う恐怖。この前は事実を話せなかったがために彼を失い、今度はその事実を話したせいで彼を失おうとしている。

彼女の心臓の鼓動は痛ましく乱れ、目は深い絶望をたたえて暗くよどんだ。ベッドにぼんやり目を向ける。今朝這《は》い出したままのしわくちゃの上がけの上に、手をつけなかった朝食のトレーがのっていた。

痛みや悲しみやみじめさがごちゃまぜになって、冷めたトーストとコーヒーのポットをのせたトレーに凝縮され、にわかに眼前に迫った。

彼女は突然よろよろと歩き出した。ベッドのわきで足を止め、涙でぼやけた目で身をかがめると、震える指でトレーの上のものをつまみ上げる。今朝彼が持ってきたときには気づかなかったものを。

一本の赤いばら——茎を短く切られ刺《とげ》を取り除かれた、今にもつぼみが開こうとしているばらの花だった。

サンドロはいつもこうしてくれたっけ。彼は救いがたいロマンチストで、いつもわたしに刺が刺さらないように茎を短く切ったばらを持ってきた。ヴィトウのレストランで、いつもばらをテーブルに置いて待っていた。わたしがそのばらに気づくまで——彼はからかうような目で、わたしは意地悪く冷やかすような目で互いに見交わしながら。それは一種のゲームだった。

男は恋人として認められるのを待ち、愛されている女は恋人を待たせる。二人の間にぴりぴりした緊張が高まり、ついにはあたりの空気が実際にしゅーしゅー音をたてて煮えたぎるほどになった。その間もジョアンナはウエイトレスの仕事をせっせと続け、サンドロは重大なことのなりゆきをけだるく自覚しながら、そんな彼女を見つめていた。

愛していながら手も触れず、お互いの存在を知りながら言葉もかけない。テーブルに置かれた短い一本のばらだけが特別のメッセージとなって、赤い髪の小粋《こいき》なウエイトレスと、きわ立って洗練された、黒い髪のイタリア人客との関係を如実に示していた。

今また、赤いばらはジョアンナの震える唇をかすめ、えも言われぬ香りで鼻孔を満たした。悲しい記憶に寒々と心がうずく。

サンドロは結婚してからも同じ習慣を守った。二人の関係が緊迫している最中でさえ、赤いばらは置かれた――朝食の皿の上に、夜、彼の寝室の隣にある部屋で一人寂しくベッドにもぐり込むときの枕《まくら》の上に。どんな仕打ちをされようと、変わらずジョアンナを愛していることを伝える無言のメッセージだった。

今もばらが――今度は誤ったメッセージを伝えている。今朝そのばらを置いたときには、彼はまだ真相を知らなかったのだから。

予告もなしにどっと感情の堰《せき》が切れた。今度ばかりは、あふれ出たのは辛辣《しんらつ》な言葉や見苦しい弁解ではなく、涙だった。彼女はもう何年も泣いていなかった。みじめな涙、苦しい涙、つらく悲しい涙、怒りと恨みの涙があふれる。しわくちゃのベッドに身を投げると、横向きに体を丸め、ばらを胸元でひしと握りしめて涙が出るにまかせた。

泣き声は部屋の外の廊下を越え、客間の半開きのドアを通してサンドロの耳にまで達した。彼は窓辺に立って両手のこぶしをズボンのポケットに押し込み、微動だにせずその恐ろしい激情の嵐《あらし》に聞き入った。目はどことも知れぬ遠く中空の一点を見据え、きつく結んだ唇の奥で歯をくいしばって。

静かになると、サンドロはポケットからこぶしを出し、指の関節にはった絆創膏《ばんそうこう》を見つめて、そのまま何秒か立っていた。それから、傷のないほうの手に目を移してにやりとした――固いものにそのこぶしをぶつけようと思ったが、正気の沙汰《さた》ではないと悟ったかのように。

やがて歩き出し、廊下へ出た。十五分後には、サンドロはジョアンナの寝室のドアをノックして押し開けた。彼と一緒においしそうなトマトソースのパスタのにおいが流れ込んだ。

「昼食だよ」彼は告げた。「あと五分したら、キッチンで、いとしい人《カーラ》」

昼食――ジョアンナは引き返していく彼の背後でドアが閉まるのを眺めながら、胸の内でくり返した。激情のホロコーストは終わり、正常に戻っていた。

あの人の心は鋼のさやに収まっているに違いない。彼女は恨めしげに考えた。

ふと、まだばらを握りしめていたのを思い出した。すると恨めしさはやさしく溶け去り、また涙があふれそうになった。

ジョアンナは仕方なく昼食を食べに行った。サンドロがあんなふうに冷たくてよそよそしい声を出すときには、逆らうとどうなるかを経験で知っていたからだ。ジョアンナはテーブルについても、彼のほうは見なかった。テーブルではすでにおいしそうなにおいのパスタが湯気を立てている。

「自分で取り分けて」サンドロはすすめて、向かい側に座った。ジョアンナは無言で少しだけ自分の皿に取り分け、温かいパンをちぎった。彼は黙って見守っていたが、その沈黙は無言の批判を伝えていた。

サンドロは彼女がフォークで最初のひと口をしぶしぶ口に運ぶのを見てから、自分の皿に取り分けた。ふだんと変わらない彼の動作の一つ一つが電流のように電線を伝って、ジョアンナの神経にさわった。

食事の間ずっとそんなふうに、二人とも黙ってぴりぴり緊張していた。彼女は頑張って食べることにした。二十四時間以上何も食べていないのに、今も食べなかったらどんな皮肉を言われるやら。

それに正直言って、食べているうちにおいしさがわかるようになってきた。サンドロは驚くほど料理がうまい。ときどきハウスキーパーが休みの日に二人で夕食の支度をしたが、そんな折に料理が好きだと言っていた。だがそんなことはめったになく、二人の仲はたいてい緊張の連続だった。

「これからどうするの?」無言の食事がようやく終わると、ジョアンナはかすれた声でたずねた。

サンドロはその声にはっとした様子で目を上げた。ジョアンナがいることすら忘れていたらしい。二人の視線がぶつかり、彼のほうが目を伏せた。彼女が重大な告白をして以来、まだ一度もまともに彼女の顔を見ていなかった。

「一、二時間オフィスに行ってくる」すばやく時計に目をやった。「きみはひと眠りするといい。エネルギーをしぼり取られたみたいな顔をしているよ」

洗って、しぼって、干されたと言ったほうが適切だわ。「わたしは、その……つまり、こんな状態を……」もっとはっきり言い直す。「あなたがどうするつもりか知りたいの」

サンドロは椅子に背をもたせかけた。「どうするって?」きき返されて、ジョアンナはちらりと見上げたが、すぐにまた目をそらした。彼は冷ややかに言った。「今言ったじゃないか。明日、二人でオルヴィエートへ行けるように、今日はこれからオフィスに行って書類を片づけてくるって」

明日、あのヴィラへ行く。すっかり忘れていた！「でも、わ、わたし……」声がかぼそくとぎれた。ジョアンナの当惑を悟ってサンドロは嘆息した。

「何も変わっていないよ。きみは今もぼくの妻だし、ぼくはきみが結婚した男だ。今日はまだ、これから二人で築く新生活の二日目にすぎない。この先何が起きても、きみはぼくの妻だしぼくがきみの夫である事実に変わりはない。わかったかい?」

よくわかった——たちまち安堵《あんど》が込み上げ、続いてどっと不安に襲われた。彼の言葉を聞いて、それまですっかり忘れていた、ささいではあるが重要な事実を思い出したのだ。そもそも二人には逃げる術《すべ》はないという事実を。二人はローマ・カトリック教会の宗旨にのっとり、神のみ前に結婚の誓いを立てた。教会法にしたがえば、どんなにみじめな結婚生活になり果てようとあと戻りは許されない。金持ちになろうと貧しかろうと、二人の仲がうまくいこうがいくまいが、彼にとってジョアンナは生涯責任を負うべき存在なのだ。

ジョアンナは、また一つ考慮すべき問題に気づいた。わたしはサンドロを欺いているのを承知で、結婚を止めなかった。

「あ、あなたは結婚の無効を申請してもいいのよ。教会に行って結婚の誓いを解消したいなら、わたしもあなたの申請を支持するわ」

「それはそれは、ご親切なことで」彼はばかていねいに言うと、いきなり立ち上がった。どうやら怒ったらしい。「自分の妻と愛も交わせない男だってことを洗いざらい公表して、世間の笑い物になる楽しみをあたえてくれるとはね!」

皮肉を浴びせられて、ジョアンナもかっとなった。「わたしはただ、せいぜい客観的な立場に立とうとしただけよ！」

「それがきみの唯一の提案なら、どうぞおかまいなく」サンドロは不意に身を乗り出して片手をテーブルにつき、もう一方の手をジョアンナの椅子の背にかけて彼女を閉じ込めると、目を合わせ、厳しく申し渡した。「ジョアンナ、きみはぼくに負い目がある。ぼくのプライドや自尊心や一人前の男としての自信を奪った責任が。きみがあんな仕打ちをした理由を知った今も、その事実になんの変わりもない」

「わたしに復讐《ふくしゅう》したいのね」ジョアンナは彼の意図を悟り、唖然《あぜん》としてささやいた。

「ぼくが望んでいるのはつぐないだ」彼は訂正した。

「まあ、イタリア人らしいのね」あざわらって顔を背けた。彼を見るのがつらい。

「それは違う」彼は不意にジョアンナの顎をつかんで正面を向かせた。「これがイタリア人らしいやり方さ！」

かすれた声で怒鳴ると強引に唇を合わせ、激怒しているのを伝えるキスをした。平然と唇をこじ開け、容赦なく野蛮なキスを。

ジョアンナは恐怖の発作が体を貫くのを予期して目をぎゅっとつぶり、本能的に体を固くした。ところが、歓喜の波に襲われた。長い間抑えつけていたうずくような喜びが、暗い記憶の底からめらめら燃え上がり、猛《たけ》り狂って脈打った。彼女は進んで唇を開いてキスをむさぼった。

どうなっちゃったのかしら？　必死で逆らって当然なのに。

ジョアンナは抵抗もせず、サンドロの広い肩に両手を投げかけ、熱にうかされたように首の後ろをつかんだ。黒い髪に指をさし入れると、手に力を込めて彼を引き寄せ、彼の温かく湿った口の中に見いだした激しい喜びに身をゆだねた。

うめき声がしたが、誰がうめいたのかもわからなかった。次の瞬間ジョアンナは立ち上がって椅子を押しのけ、全身を彼に押しつけた。サンドロは両手で彼女のわき腹をしきりに愛撫《あいぶ》し、親指で胸の両わきをそっとかすめた。胸は愛撫に応《こた》えて脈動し、固く生き生きとして荒々しい歓喜の炎に加わった。

ジョアンナは燃え上がった――こんなにも早くこんなにも激しく。サンドロの乱れた息遣いが聞こえ、彼もまた全身で燃え上がっているのが感じられた。彼はいっそう強く抱き寄せて自分の欲望の強さを伝え、いっそう深いキスをして彼女の反応に気づいていることを伝えた。

それから体を遠ざけて唇を離すと、腕を伸ばしてジョアンナを支え、すさまじい怒りの形相で彼女を見据えた。キスで腫《は》れ上がった唇があからさまな欲望に脈打っている。

「これはこれは、意外ななりゆきだな」サンドロは穏やかな声で無慈悲に嘲《あざけ》った。ジョアンナは嘲られたことすら気づかず、ショックに震えながらぼうっと見つめるばかりだった。懲らしめのキスのはずだったのに、これまで味わったことのないほど官能的なキスにた。

なってしまった。自分が情熱的に応えたことに、彼女はいまだに呆然《ぼうぜん》としていた。

「ずっとこの調子でやってもらいたいね、ぼくを愛する人《ミ・アモーレ》。そうすれば、つぐないを長年待っていたかいがあるってものだ！」

サンドロの残酷な言葉がもうろうとしていた心にようやくしみとおり、ジョアンナはたじろいだ。「こんなの耐えられないわ！」

「訂正させてもらおうか。きみは立派に耐えているよ、ぼくの五感が正しいとしたら」

彼はそれを確かめようともう一度唇を合わせたが、彼女の唇がからみつこうとしたとたんに容赦なく突き放した。

「ほら、これでわかっただろう、カーラ？　きみはぼくがほしくてたまらないのを、隠していられなくなったのさ」

サンドロは手を放し、彼女の体がふらふら揺れて、長いまつげがブルーの瞳の上ではためくのを眺めていたが、やがてそっけなく言った。

「今夜が楽しみだな」辛辣な言葉を肩ごしに投げかけ、冷然とドアに向かう。「エレベーターはこのフロアーには止まらないようにしてある。だから火事を出すなよ。少なくともぼくが留守の間は」

サンドロは言い捨てて出ていき、残されたジョアンナはキスのあと味をかみしめた。

今夜、と彼は言っていた。計算した上で言ったのだ。ということは、一つのことしか考えられない。ジョアンナは力なく椅子に戻った。事態は悪くなる一方だ。わたしが心の奥底をさらけ出したことを、彼は少しも意に介していない。彼はつぐないを求めていて、絶対にそうさせる決意なのだ。

今夜、サンドロは二人の結婚を本物にする気だ。ジョアンナは、彼が戻ったときには不安の極地に達していた。午後はずっと忙しく過ごし、昼食のあと片づけをして自分のベッドを整えた。ただし、サンドロの寝室へは行かなかった。それから、気をまぎらせようと夕食の材料を探しにかかった。サンドロは絶対に暴力は振るわないと確信していたが、それでも怖かった。恐ろしい恐怖にむしばまれながら、彼女はニョッキを丸め、手作りのパスタの生地を用意した。どちらもヴィトウのレストランで習い覚えたものだ。まずはじめは熱々の濃いバターソースに落としたニョッキ、次にパスタをマッシュルームやオニオンと一緒にいためてクリームソースをからめ、さらにモッツァレラ・チーズをかけよう。

「うーむ」明るい声がした。「この光景といい、においといい、いかにも家庭的だな」夢中でソースをかきまぜていたジョアンナはぱっと振り向いた。「今夜はあなたと一緒には寝ませんからね、サンドロ！」金切り声で告げる。

彼女は気をもんでやきもきするあまり、今にもばらばらになりそうに見えた。髪を結って頭の上で殺風景にまとめ、ジーンズを脱ぎ、ワードローブの中でいちばん地味な服に着替えている。ゆったりした白のパンツと長い黒のジャンパーでは、キッチンに立ち込めた熱気のせいで暑苦しそうだった。

それに比べて、サンドロのほうは涼しげで気楽な身なりだ。スーツの上着を脱いでネクタイをはずしていた。ワイシャツのカフスボタンもはずして手首のまわりに袖口《そで》がだらしなく垂れ下がっているが、それでもスマートに見える。

「何を作ってる?」サンドロは彼女の言葉を無視して歩み寄った。「ニョッキかな?」彼女の肩ごしにガスレンジにかけた鍋《なべ》の中でぐつぐつ煮えているニョッキをのぞき込む。

「ぼくが結婚したイギリス女性は、イタリア人の好みをしているようだね」

「あなたとは寝ないわよ」ジョアンナはもう一度念を押すとソースの鍋に戻った。

「この料理に合うワインを探してこようか?」

「ワインはいらないわ」ぴしゃりと断る。「ほしくないの。それよりわたしの話を聞いて!」

「その鍋は焦げつかないよ、ジョアンナ」彼は穏やかに教えてやった。「そんなに乱暴にかきまぜたらコーティングがはがれてしまう。あとで気が変わるといけないから、白ワインを取ってこよう」

彼は出ていこうとした。ジョアンナはくるりと振り向いた。「サンドロ!」

そのみじめな叫び声にサンドロは足を止めたものの、振り返らなかった。

「きみの言うことを聞く気はないよ、ジョアンナ。きみはもう、あの災難と折り合いをつけてもいいんじゃないか。人生のうちの貴重な三年間をあの体験にどっぷり浸って費やしたんだからもう十分だ！」それから、歩きながらローマ悲劇の口調でつけ加えた。「なんという《マンマ・ミーア》ことだ！　十分どころか長すぎる！」

「あなたなんか大嫌い！　わたしに触れたら承知しないから！」

サンドロは答えようともせず、キッチンを出てユーティリティールームへと姿を消した。そこは彼の秘蔵のワインセラーに続いている。ジョアンナは打ちひしがれ、一人立ちつくした。こんなの不公平だわ！　もうたくさん。この二日間、いやというほど我慢してきたのに、彼は耳を貸そうともしない。

涙が頬にこぼれかけたが憤然としてぬぐい去り、ソースの鍋を命がけのようにかきまぜた。

サンドロはワインのボトルを手に戻ってくると、ワインクーラーに氷を入れて、ボトルを冷やした。ジョアンナは頑として彼を無視していたが、その一方で彼がどこで何をしているのか、身にそなわったセンサーを総動員して抜け目なく正確にキャッチしていた。

「あとどれくらい？」彼がきいた。

「二、二十分くらいかしら」

「なら、急いでシャワーを浴びて着替えをするくらいの暇はある」彼は助言した。「あとはぼくにまかせても大丈夫だから」

「いいの」

「つべこべ言わないで、ジョアンナ」

サンドロは背後に回って彼女の手からお玉をさっと取り上げて自分のほうを向かせた。

「ずいぶんかっかして、神経が高ぶっているようだな。けど、二度とぼくを部屋からしめ出すようなことはさせないぞ。だから聞き分けよくして、食卓につく前にさっぱりしてきなさい」やさしくつけ加えた。「ねえ、きみを傷つけたりしないよ。分別を働かせれば、それくらいわかるだろう」

ジョアンナは顔を伏せた。こんなにそばに立っていられては分別を働かせることもできない。そのときふと、彼のワイシャツの袖口が垂れたままなのに気づいた。ガスレンジのそばでは危険だ。思わず手を伸ばして片方の袖をまくり上げた。サンドロは彼女のするがままにまかせ、片方の袖がすむと、もう一方の腕もさし出した。

「今のわたしの気持ちが、あなたにわかってるとは思えないわ」おずおずと言った。

「それなら、説明してくれ」

彼女は首を振り、サンドロの手首の、金のロレックスの時計を見つめた。褐色の肌、黒い毛、たくましい筋肉。裸の姿も目に浮かぶ――こっちへ歩いてくる彼の黒々とした瞳の背後に、激しい欲望が一対の炎となってあかあかと燃えているのが見える。

彼女は鋭く息を吸い込むと、脱兎《だっと》のごとく部屋を出た。その幻影は久しく見たことがなかったが、このアパートメントの寝室で結婚の初夜に目にしたときと同じように、今も彼女をおびえさせた。

サンドロに言われてシャワーを浴び着替えをしたのは正解だった。相変わらず神経は高ぶっているが、気分はずっとさっぱりした。戻ってみると、彼はキッチンに続く小さな食堂にテーブルをセットしていた。彼の家はどこもそうだが、このアパートメントにも家族用の部屋と来客用の部屋があった。

「これを運んで」彼女がキッチンに入っていくと、サンドロは温めたお皿を二枚、リネンのふきんに包んでさし出した。「ぼくはワインのボトルの栓を抜いて持っていくから」

万事うまくいっているふりをしようってわけね！　ジョアンナは口をきゅっと結んでお皿を受け取り食堂へ運んだ。見ると、キャンドルまでともしてある。彼女はサンドロの頭上でこのいまいましいお皿をぶち壊してやりたくなった。

そんなわけで食卓についたときには、緊張感がじんましんのように二人のいら立ちをつのらせた。

「きれいなドレスだね」彼はジョアンナが選んだロイヤルブルーのシルクのシフトドレスの優雅なラインに目をとめ、長いまつげをすっと伏せた。

「何しろ、あなたが買ったドレスだから」彼女はにべもなく冷や水を浴びせた。

「これからは、ぼくが着てほしいと思うドレスを着てもらうよ」彼はよどみなく申し渡した。「きみの美しさにふさわしく装うことは治療にもなる」

彼は事実を言っていたので、どうにも答えようがなかった。彼女の服装が地味なのは昔からのことだ。あの事件のせいではない。虚飾に媚《こ》びるのは前から嫌いだった。多分母親のせいでこうなったのだろう。病気になるまでの母親の人生は、自分をいちばん美しく見せることを中心にして回転していた。自分が生まれつき美人であるとは思いもしなかったようだ。美しくなるために絶えず努力し、着飾りすぎることもたびたびだった。

「ハウスキーパーはどうしたの？」ジョアンナはきっぱり話題を変えた。「今日は見かけないけど」

「二週間休みをやった」彼は辛口のキャンティをグラスに注《つ》ぎながら説明した。「お互いに慣れるまでは、二人きりでやろうと思って」

二人きりで、わたしにプレッシャーをかけるつもりね。

穏やかな雰囲気で食事をしようという希望は見事に打ち砕かれた。食事が終わるころにはジョアンナはすっかりびくびくして、サンドロが立ち上がると、飛び上がりそうになった。

「よかったら、今からシャワーを浴びて着替えることにするよ」サンドロは彼女の反応には素知らぬ顔で、冷ややかに告げた。

「どうぞ」彼女も席を立った。「わたしはここを片づけたら寝ようかしら。とっても疲れちゃって」

それとなくほのめかす。彼女はまた言い争いになるのを覚悟した。きっと彼が戻るまでここで待つように言われるだろう。

ところが、彼は〝好きにしなさい〟と言っただけで歩き出した。「きみの邪魔にならないように、ぼくは別の部屋を使おう」

何をたくらんでいるのだろう？　彼女は皿洗いをしながら思案した。一日中プレッシャーをかけ続けてきたくせに、なぜ今になって無理強いするのをやめたのかしら？　まあ、これだけは言える――そんなことをくよくよ考えて時間をつぶすことはない！

そこで、廊下の奥の寝室から出てきたサンドロの足音が聞こえたときには、ジョアンナは自分の部屋に無事閉じこもり、ベッドで丸くなっていた。

彼は中の様子をうかがおうともしなかった。ジョアンナは彼の気が知れなくて眉をひそめた。彼の気持ちがよくわからない――自分の気持ちさえ。というのも、失望感に似たものに悩まされていたのだ。

ジョアンナは悩みながら寝入った。まるで招かれざる訪問者を撃退するおまじないのように枕を抱きしめて。

だが、そのおまじないはきかなかった。招かれざる訪問者は夢の中に現れた。ジョアンナは暗い寝室で、汗をかき息苦しくなって目を覚ました。おびえてうろたえ、どこにいるのか思い出すのに何秒かかかった。それからじっと横たわって悪夢が消え去るのを待った。ところが悪夢は消えない。彼女はこの恐怖に打ち勝つには、部屋を出なくてはだめだと悟った。

ベッドを出ようとして体をずらした拍子に、隣にいた何か温かなものに手が触れ、とたんに気が狂ったようになって、ぱっと起き直るやいなや耳をつんざくような悲鳴をあげた。

その声にサンドロは驚いて目を覚まし、寝ぼけまなこで飛び起きた。「いったい何事だ?」

8

「ああ、あなたなのね」ジョアンナはほっとして震える吐息をついた。

「ぼくでなけりゃ、いったい誰が隣に寝てると思ったんだ?」

ジョアンナは彼が腹を立てたのは自分がぎょっとしたからだと悟って、低い声でつぶやくように弁解した。「いやな夢を見ちゃって」

「ああ」彼も一度はうろたえた声を出したものの、今度は穏やかにたずねた。「大丈夫かい?」

ジョアンナは首を振った。ビールの臭《にお》いと男の体臭でむっとした空気に窒息しそうだ。

「ここにはいられないわ」ベッドから這《は》い出してガウンをはおると、小走りに部屋を出た。彼女のベッドで何をしていたのか、サンドロにきこうともしないで。今は恐ろしい悪夢に気を取られて、それどころではなかった。

部屋の外は暗くしんと静まり返り、部屋の中に劣らず息苦しく感じられた。彼女ははだしで、冷たいモザイク模様のフローリングの上を足音をたてずに歩き、客間のドアを押した。

そこも暗かった。ドアのそばの壁を探り電気のスイッチを捜した。そこここのテーブルに置かれたスタンドがいっせいにともり、巧妙に抑えた明かりに照らされて、部屋がよみがえった。

ジョアンナは震えが止まらず、ソファーの片隅に体を丸めて動悸《どうき》がしずまるのを待った。でも、あれは最悪の悪夢ではなかった。サンドロと別れてモリーと暮らし始めたころから悪夢を見るようになったが、あのころはいつも悲鳴をあげて目を覚まし、かわいそうにモリーは仰天して縮み上がったものだ。さっきもサンドロを同じ目に遭わせてしまった。彼女は今になって、サンドロが同じベッドにいたことが気になり出し、眉をひそめた。

そのとき彼が客間に入ってきた。黒いコットンの短いガウンをまとっているが、男っぽさは少しも損なわれていない。目の縁がたるんでまだ眠そうな様子だ。「何があったんだ?」

「言ったでしょう。怖い夢を見たの。あなたこそ、わたしのベッドで何をしてたの?」

彼はあくびをして、向かい側の椅子にどっかり座り、あっさり答えた。「きみが眠っているベッドで眠ってたのさ。夫婦はそうするものだ」

でもこの夫婦は別だわ。「あなたはほかの部屋を使うって言ったわ」

「シャワーを浴びるときの話だよ」明快に説明し、もう一度あくびをすると、椅子にうずくまったまま眠ろうとした。

「あっちへ行って、サンドロ。一人で大丈夫だから」退去を命じるというよりは、目を覚まさせようとしてきつく言った。それからふと、モリーにもそっくり同じことを言ったのを思い出して顔をしかめた。

ああ、モリー。彼女は頭をのけぞらせて嘆息し目を閉じた。なぜあんなことになったのかしら？　どうして死ななくちゃならなかったの？

「ジョアンナ……」

「黙って。今モリーのことを思い出して悲しくて」

意外にもサンドロは彼女の気持ちを察して立ち上がり、もじゃもじゃの髪を疲れたようにかき上げながら静かに言った。「温かい飲み物でもどう？」

「ええ、飲みたいわ」断るのも面倒で同意する。

彼は出ていき、ジョアンナはまた妹の思い出に浸った。あのころ、わたしは生気がなくゾンビみたいで、モリーがわけをきこうとするとぴしゃりとはねつけた。その上毎晩悪夢に襲われ、昼間もおびえて暮らしていた。モリーはそんなわたしを心配してくれた。それで、仕方なくモリーに秘密の一部を打ち明けることにしたのだ。さもないとモリーが何もかもサンドロのせいにしそうだったので。

当時モリーは、彼女が通っていたロンドンの大学の近くに小さなフラットを借りていた。

サンドロの経済的援助を受けて大学の近くに住むならという条件で、モリーは彼の家を出ることになったのだ。そのころには結婚生活はにっちもさっちもいかなくなっていて、モリーが家を出るのは、実のところジョアンナにはありがたかった。そうなれば、二人はモリーの手前何もないふりをしなくてもすむ。

ひょっとしてモリーはわたしたちの仲がぎくしゃくしているのに気づいて逃げ出したのかもしれない。それが事実だったとしても、モリーを責めようとは思わない。あの新婚の数カ月間はまったくひどかった。サンドロはベッドをともにすると言い張り、わたしはうっかり寝返りを打って彼に触れないように、一晩中マットレスの端にしがみついていた。

そして、モリーが家を出ると、わたしも出ていった――彼の寝室から。

今は完全に当時の逆をいっているようだ。わたしはまたサンドロと暮らすようになり、彼はまたわたしとベッドをともにしている。

サンドロが湯気の立つカプチーノのカップを二つ持って戻ってきた。カップをコーヒーテーブルに置くと、自分の椅子には戻らずジョアンナの隣に座った。固い腰が彼女の腰を押すほどぴったり身を寄せて。サンドロは笑顔で彼女を見下ろし、ほつれた赤い巻き毛を頬からそっと払いのけてキスをした。ジョアンナは尻込みしなかった。尻込みするまでもない、穏やかなキスだった。

「少しは気分がよくなったかい？」

「驚かせて悪かったわ」彼女はうなずいた。

「どんな夢だったのか、話してくれないか？」

「いやだって言ったら、またわたしをいじめるつもり？」意地悪くきき返す。

「いや」彼は低い声で真面目《まじめ》に答えた。彼女はその誠実さに心を打たれてどぎまぎした。

「ぼくはそれほど無慈悲な男じゃない」顔をゆがめて自嘲《じちょう》する。

「無断でわたしのベッドで眠るのは無慈悲じゃないっていうの？」

「それは話が別だ。ぼくがベッドに入っても気がつかなかったくせに、なぜ文句を言うんだ？」

「文句じゃないわ。抗議してるだけ」

「いや、違うね」すでに彼女の耳にきちんとかかっている巻き毛を、なおもやさしくなでつけながらにっこりした。「騒ぎ立てなくてもぼくがあのベッドで寝るように、きみは口実を探してるだけさ」

「そんなの嘘《うそ》だわ！」

「そうかな？　なら、きみのベッドで寝かせてくれれば悪夢を追い払ってあげると約束したら？」そんなばかな、と思いながらも、やさしくからかわれて不意にジョアンナの目に涙があふれた。「ああ、泣かないで、いとしい人《カーラ》」サンドロはうろたえて懇願した。「昨日きみの泣き声を聞いただけでも身を切られるようにつらかった」

「気にもとめなかったくせに」

「このこぶしを見てごらん」彼はまだ絆創膏《ばんそうこう》がはってあるこぶしを見せた。「もう少しで、もう一つの手も同じになるところだった」

ジョアンナは思わず両手をさし伸べ、傷のないこぶしを大切そうに頬に押しあてた。その何げない仕草にサンドロは胸をつかれた。彼の感動した様子を見て、ジョアンナの目にまた涙があふれた。こんなふうに自分から手を伸ばして彼に触れることは久しくなかったっけ。

「さあ、おいで」彼は突然口調を変えて促した。「ベッドへ連れていってあげよう」彼女を腕にかかえて立ち上がる。「朝までそばにいてあげるよ。ただし、いくら反対しても、きみが眠っている間にキスをするからね。これで決まりだ」きっぱり申し渡した。彼女が反対しないのに気づかないらしい。

「お返しを要求したり、うるさく責め立てたりしない？」

サンドロはにやりとした。「しつこく言い寄ってもらいたいのかい？　警告しておくけど、ぼくは責め立てるのはお手のものだよ。何しろぼくの本業は金貸しだからね。とりわけ、しつこく責め立てて服を脱がせるのは得意中の得意だ」

ジョアンナは、彼の言葉遣いが悪いのは無視することにした。一つにはひどく疲れていたからだが、それよりも、いつもいつも言葉尻をとらえてあげつらうのにうんざりしていたのだ。もしかしたらサンドロが正しいのかもしれない。

彼は半分眠りかけたまま考え事をしているジョアンナをベッドのわきに立たせ、ガウンを脱がせてベッドに入れた。数秒後には彼もベッドに入った。ガウンを脱ぎ捨て、ゆったりした白いボクサーショーツ一枚の姿で。それでもジョアンナはおびえることもなく、サンドロが無抵抗な彼女を抱き寄せても押しのけようとはしなかった。

おそらく、彼の言ったとおりなのだ。彼が触れる回数が増えるにつれて、受け入れるのがたやすくなる。多分、昨日もっとも暗い秘密が取り除かれたので、幽霊は追い払われたのだろう。もしかすると二人は、こんなふうにしてうまくやっていけるのかもしれない……。

明け方、ジョアンナは窓の外で鳴いている鳥の声で目覚めた。その声に長いこと耳を傾けていたあげく、もう一度眠ろうとして寝返りを打った。

そのとき、目の前にあるのがサンドロの顔だと気づいてはっと記憶がよみがえった。たちまち心の中で警報が鳴り出したが、彼がぐっすり眠っているのがわかると鳴りやんだ。褐色のたくましい腕が彼女の頭のすぐ上に投げ出されている。彼女はベッドにゆったり体を横たえ、めったに味わえない贅沢《ぜいたく》にふけるように心おきなく彼を眺めた。

サンドロは眠っていても目覚めているときに劣らずすてきで、生命力にあふれていた。黒い髪、非の打ちどころのない顔立ち、引きしまった体。見事な上半身を恥ずかしげもなくあらわにしている。ジョアンナは黒い毛におおわれたたくましい胸を心ゆくまで眺めた。名の通った家柄の娘がいくらでもいたのに、どういうわけか、しがないウエイトレスを選んだこの男性を。

彼もとんだ災難よね。なぜって、彼を見てごらんなさい。こんなに背が高くセクシーでハンサムな上に、たくましくて強い意志の持ち主だ。そんな彼が、このベッドへわたしを連れ戻したというのに、二人の体はかすってもいないなんて。

どうしてなの？　彼女は罪の意識に根ざしたうずくような悲しみを感じて自問した。結婚したあとも彼は厳しく自制して、そばに寄ろうとしなかった。眠っている今も、潜在意識の中でその決まりを守っている。

愛してるわ、サンドロ。彼女はもの思いに沈み、心の中でそっとささやいた。これまであんな仕打ちをして、ごめんなさい。

彼の黒いまつげが不意に動いたと思うとぱっちり目が開き、無防備に心の内をさらけ出したジョアンナの表情をとらえた。逃げも隠れもできなかった。サンドロは無言で身じろぎもしない。ジョアンナも動かなかった。二人の視線は一瞬からみ合い、その長い一瞬のうちに彼女の胸にこれまでのつらいいきさつが走馬灯のように浮かんで、どっとあふれて通りすぎ、消えていった。

「今何時かしら？」何か言わなくてはと思ったが、ほかに思いつかなかった。

彼は長いまつげを上げ、黒々とした眠たげな目で、ドレープを寄せたシルクのカーテンを通して金色の朝日が部屋に忍び込んでいるのをちらりと見た。

「五時ごろじゃないかな」そう言うと、彼女に視線を戻した。「ゆうべは悪い夢を見たらしいね」サンドロはぜがひでも思い出させるつもりらしい。

ジョアンナはうなずいた。「覚えてるわ」

再び静寂が垂れこめた。今度は緊迫した沈黙ではなかったが、どちらも慎重に口をつぐんでいた。彼が目を開けてから、どちらも指一本、つま先一つ動かしていない。わたしが予感しおびえている出来事が、今にも始まろうとして、この薄気味悪い静寂の下に身を潜めているのだろうか？

「まだ早いよ」彼はつぶやいた。「もうひと寝入りしよう。出かけるまでに二時間はある」

もうひと寝入り、とジョアンナは心の中でくり返し、彼が目を閉じるのを見守った。長いまつげが濃い褐色の瞳にかぶさる。

眠ってしまったら、こうやって彼を眺めることはできない。せいぜい夢で見るだけだ。眠りたくない。大きく目を見開いてこの瞬間を、この記憶をいつまでも心にとどめておこう。

そのとき、ジョアンナの頭の上で、たくましい褐色の腕が動いた。腕はほんの少し曲がっただけなのに、彼女は自分の筋肉がたちまち緊張して防御のかまえをとるのを感じた。

彼女の心の中でいつもの不安がかき立ち始めたとたん、サンドロはそれを感じ取ったかのようにぱっと目を開けた。濃い褐色の瞳の奥に怒りの火花が散っている。だが責める気はしない。偶然、髪の毛をちょっとかすっただけで、彼は手も触れなかったのだ。

「ごめんなさい」ジョアンナはおずおず謝った。

「謝っても遅いよ」彼は唇をかみしめ、突然意を決したように彼女に触れた。熱くたくましい裸の上半身で彼女をベッドに押しつけると、両手で彼女の不安そうな顔をはさんだ。

「いつかきっと、きみをそのびくついた顔の背後から引きずり出して、ぼくの目の前に裸で横たえてやる！　そうしてきみを奪うんだ。最後のひと口までむさぼりつくして骨までしゃぶってやる」

「ごめんなさいって言ったでしょう！　そんなつもりはなかったの。ただ……」うっとり見とれてしまって、と言いかけてやめた。

するとサンドロは尻切れとんぼになった彼女の言葉を勝手に解釈して補った。「触ると思って逃げようとした！」

「違うわ！　はっとしただけよ」

彼は信じなかった。「なら、その証拠を見せてもらおうか」嘲《あざけ》るように言ってつめ寄る。

彼は肘をついて体重を支えていたが、それでもジョアンナは男の体に圧倒される気がした。

「証明したまえ、悲鳴をあげて隠れようとしたんじゃないってことを」

ジョアンナは心臓がどきどきしていた。事態は急速に手に負えなくなってきた。金切り声をあげて逃げ出せばよかった。もっと早く、サンドロが目を覚まさないうちにベッドを抜け出すべきだった！

「純然たる反射作用なのに、どうやって証明しろっていうの？」いらいらしてくってかかった。

「そうだなあ」サンドロは突然怒るのをやめて、皮肉なけだるい口ぶりで答えた。このほうがずっと危険なムードだ。ジョアンナはいつの間にか彼の体の下で動けなくなっていた。

「もっと別の反射作用を試してみたらどうかな。ぼくの首に腕を回して、引き寄せてキスをするとか」

「したくないわ」

「したっていいだろう？　ついさっきは死ぬほどキスをしたがってたくせに」嘲って挑発し、見透かしたようにきらりと目を光らせた。

「わたしがあなたを眺めてるのを見てたのね！」ジョアンナは屈辱を覚え、ぞっとしてなじった。

「まあね」彼はすまして悠然と認めた。「きみの目であんなふうにいとおしげに眺められると、ものすごく興奮するってわかったよ」

彼女は目を閉じた。今この場から何百キロも遠くに行きたい。彼の体の下から抜け出そうとした拍子に、素肌のぬくもりを強く意識してぽっと頬を染め、ぴたりと動きを止めた。同時に熱い血潮が熱狂して血管の中を突っ走った。

「ぼくにキスをしたいかい？」

彼女はぎゅっと目を閉じたままかぶりを振った。彼の体の下で胸が波打ち、下腹部が張りつめる。

こんなわたしの体の反応をサンドロは知っているのだろうか？ 愛想よく難題を持ちかけたところを見ると、知っているに違いない。

「ぼくは向こうへ行ったほうがいいかい？ このベッドをきみに明け渡して」

ジョアンナの両腕は自動的にぱっとはね上がり、彼の首に巻きついた。サンドロは笑った。一人前の男として自信たっぷりな様子で。

「今にわかるさ、ぼくを愛する人《ミアモーレ》。きみのほうからキスをしろって言ったのは、少しでもセックスを強要したって非難されたくないからだってことが」

それじゃ、今は強要してないっていうの？ 上半身裸の血気盛んな男が向き合って寝そべっていること自体、無理強いしてるのと同じじゃない。たくましい褐色の腕で囲い込み、筋肉質の上半身を押しつけ、力強い太腿の片方をわたしの腿にかけている状態は、これまで経験した中で最悪の強要だわ。

そのとき彼の手が胸をすくい上げた。ジョアンナはこらえきれずに不満のうめき声をあげて背中をのけぞらせた。手に力を込めて待ち受けている彼の唇を引き下ろすと、自分の唇にぐいと押しつけた。

彼女の官能はたちまち荒々しく猛《たけ》り立った。もはや抑制がきかなかった。両手は野放図に彼の温かな肌を愛撫《あいぶ》した。唇はしたくてたまらなかったことを実行に移して貪欲《どんよく》に彼をむさぼった。彼女は体のいたるところに唇を押しあてて彼を味わいつくした。

「ジョアンナ、急ぎすぎだよ」火がついたジョアンナに、彼はかすれた声でつぶやいた。もはや皮肉な口ぶりではなかった。セックスに自信たっぷりな男を気取って、脅すこともしなかった。サンドロは彼女をしずめて嵐《あらし》のような情熱をせき止めようとしていた。

「ジョアンナ……」

だが、彼女はサンドロの唇をとらえてキスをむさぼり続けた。片手をうなじに巻きつけ、もう一方の手を熱に浮かされたように背筋に沿って下にすべらせる。彼は矢で射抜かれたように弓なりになって苦しげにうめいたと思うと、沸き立つ欲望に屈服して身をまかせた。

彼女の前ではつねに信じがたいほどの自制心で隠してきた、貪欲で情熱的な愛人になり変わった。

サンドロはだんだん大胆になり、ジョアンナが今まで触れるのを許さなかったところまで愛撫した。

ここまで許せるとは！　彼女は得意になった。

だがそれも、地面に落ちてくるくる回っていたコインが裏を上にして止まったみたいなものだった。突然パニックが戻ってきて血管をじゅーじゅー焦がして走り、彼女は必死で逆らった。息も絶え絶えに哀願し、乱暴に彼を突き放す。ベッドから這い出したものの、目まいがしてベッドのわきにふらふらしながら立っていた――脚ががくがくして、脈は狂ったように速く、心はへなへなにくじけて。一方サンドロは痛ましいおなじみの発作がジョアンナをばらばらに引き裂くのをじっと見守っていた。

怒って当然だ。そのほうがいっそ気がらくなのに。

だが、サンドロは彼女が発作と闘うのをしばらく眺めていてから、ごろりと仰向けになると、ものうげに言った。「やれやれ、少なくとも前よりはずいぶん進歩したな。これからが楽しみだよ、カーラ」

ジョアンナは悲嘆にくれて部屋から駆け出した。

ローマを出てオルヴィエートへと向かう一時間のドライブは、ジョアンナにとってはぞっとするほど緊張の連続だった。ただし、サンドロは違っていた。彼は信じられないほどリラックスしていた。激しく興奮していた彼をあんなふうに突き放したことを思うと、自分も彼に劣らず興奮したという不愉快な事実にもまして、いっそうつらかった。

サンドロが出ていくのを待って寝室に戻り、シャワーを浴びて身支度をすませたとき、ジョアンナは新たな一日にそなえて覚悟を決めた。しぶしぶ寝室から出ていくと、彼はすでに小さな食堂の外の、日のあたるテラスで朝食のテーブルについていた。朝刊に目を通しながらコーヒーを飲んでいる。誰の目にもいたってのんきそうに見えた。

まったく驚くほかはない。この人は確かに心を鋼のさやに収めているのだ。シャワーを浴びて髭《ひげ》をそり、淡いベージュのパンツにプレーンな白のTシャツを身につけている。取り立てて特別な服を着ているわけではないのに、いつもながら彼の身なりはぴしっときまっていた。

「どうぞ」彼はテーブルの上の温かなロールパンのかごとコーヒーポットを指してすすめ、愛想よく言った。「できたら一時間以内に出発したい。けど、何か食べるくらいの暇はあるよ」

ジョアンナは答えなかった。なぜ、こんなみじめな試みはやめにして、わたしを出ていかせてくれないの？

そのとき、お皿の横に添えたばらが目に入り、涙もろくなった彼女の目にまた涙があふれ、口元が震えた。「サンドロ……」

彼は立ち上がると、かがみ込んでジョアンナの青ざめた頬にそっとキスをした。「ゆっくり朝食をとりなさい。出かける前に二、三件電話をしてくる」

彼女は赤いばらの短い茎をそっと指でなでながら、絶望と無力感に打ちひしがれて、室内に入るサンドロを見送った。

わたしは彼にふさわしくない女だ――ずっと前からわかっていたけれど。サンドロが戻ったとき、ばらはなくなっていた。ジョアンナが貴重な思い出の品々と一緒にしまっておくために、ていねいにナプキンにはさんでバッグに入れたのだ。

「用意はいいかい?」

ジョアンナはうなずくと、立ち上がり、目を上げてサンドロに用心深いまなざしを向けた。サンドロは彼女の身なりを点検するのに忙しく、クリーム色の麻のパンツと同じ色の短いコットンのシャツをじろじろ見ていた。彼女は長い髪を後ろで一つに編んでいた。暑いのでメイクはしていない。バスルームにあった日焼け止めクリームを塗っただけだ。メイクをすればよかった。せめて、こわばった蒼白《そうはく》な顔に戻ってしまったことくらいは隠せただろう。

二人は連れ立って部屋を出た。そこでサンドロはためらって振り向いた。「裏手の非常階段から下りようか」

「エレベーターでけっこうよ」ジョアンナは冷ややかに答え、それを実証するために、一歩踏み出して自分でボタンを押した。一階に着くまで平静に立っていられたことに、彼女は内心ひそかに感動した。

ドアが開くのを待つ間、サンドロは黙って彼女の手を取って口にあて、無言の称賛を示した。しかしそのちょっとした仕草すら彼女をいっそう落ち込ませただけだった。何年も前に闘うべきだった、ばかげた恐怖症を、今になってやっと克服したというだけのことなのに。

ジョアンナは自分に腹を立てていた。わたしと一緒に暮らすのは地雷原で暮らすようなものだ。次はどこで恐ろしい爆発が起きるか見当もつかない！

どう考えても、サンドロを二度もそんな気違い沙汰《ざた》に巻き込むのは公平とは思えない。いかに努力しようと努力のかいがないことを、きっぱり別れるのが最上の策であることを彼に教えなくては。

わたしにはそれができる。この前だって、あんなにうまくやってのけたじゃないの？

9

オルヴィエートはウンブリア州とトスカーナ州の境にあって、ローマとシエナの中ほどに位置する。そのあたりは息をのむほど美しく、青々と豊かに波打つなだらかな丘の斜面がぶどう畑におおわれ、そこかしこにこんもり茂った木立が点在していた。都会的なサンドロが、風光明媚《めいび》とはいえ田舎には違いないこの土地のどこに惹《ひ》かれたのか、ジョアンナは不思議に思った。

「あの地所は向こうの丘の斜面にある。ほら、見てごらん」彼はかたわらのジョアンナに教えた。

窓の外に目をやった彼女はぽかんと口を開け、目に入る美しい谷間の光景に見とれた。さっきの決意はどこへやら、抑えきれない喜びに感嘆の声をあげた。「まあ、サンドロ、なんてきれいなの！　どこまでがあなたの地所？」

「ぼくたち二人の地所だよ」さらりと訂正する。「目の届くかぎりずっと向こうまで」その答えに、彼女の開いた口からまた一つ感嘆の声がもれた。

やがて車はカーブして、ぶどう畑の間の小道に入った。両側には高い糸杉の並木があり、パンフレットで見た美しいヴィラへと通じている。ヴィラに近づくにつれて、ぶどう畑はたわわに実った果樹園に変わり、さらに美しい庭園へと変わった。典型的なイタリア様式の庭園で、テラスには早くも彩りのよい花々が今を盛りと咲いている。赤いタイルの屋根と黄色い壁のヴィラは、金色の日光を浴びてずっと昔からそこに立っているように見えた。サンドロはヴィラの正面の丸石を敷いた狭い車寄せに車を止めた。片側の窓からは馬屋らしい建物が見え、その裏手にひょろりと伸びた糸杉の木が並んでいる。風よけのためか、あるいは農地とプライベートな居住地との境界線として植えてあるのだろう。

ジョアンナは車を降りて周囲をうっとり見渡した。すっかり心を奪われて、無関心を決め込むこともできなかった。

「で、どう思う?」サンドロがそっとたずねた。

どう思うって? あんまり魅力的で考えることなんてできない。でも感じることならできる——歓喜やら驚嘆やらあこがれやら。「ここを売るなんて、とても正気とは思えないわ」

「オーナーの娘がカリフォルニアのぶどう栽培業者と結婚してね」彼は車のこちら側に来て説明した。「娘のそばで暮らしたいので、ここを売りに出してカリフォルニアに移った。彼らにとっても好都合だったのさ」わけ知り顔につけ加える。「この土地は風光明媚だけど、現実問題としてアメリカ産のワインに対抗するには、多額の資金を注《つ》ぎ込む必要がある。ぶどうの栽培と加工の技術を向こうの水準にまで引き上げるためにね」

「それで、あなたがチャレンジしようと思ったのね？」ようやく合点がいった。それなら、いかにもサンドロらしい。有望な投資と見なしたのだ。

ところが意外にも彼は穏やかに否定した。「投資が目的ではないよ。きみのために買ったんだ」

わたしのため？　ジョアンナは信じられない思いで呆然《ほうぜん》と彼を見つめた。「でも、どうして？」

サンドロは何やら奇妙な微笑を浮かべただけで答えなかった。「さあ、おいで。まずは家の中を見て回ろう」

そう言うとさっさと家のほうに歩き出し、ジョアンナはとまどったまま遅れがちにあとに続いた。わたしはこういうところに住みたいなんて、一度も口にした覚えはないのに！

冷え冷えとした広い玄関ホールは、窓に木製のよろい戸が閉められていて暗かった。

「少し修理が必要だな」ジョアンナが開いた戸口でためらっていると、サンドロが言った。

「だが、さほど大がかりな修理は……」

さっさとよろい戸を開けに行く。よろい戸を押し開くと光が室内に流れ込み、ほこりを浮かべた光線が、むき出しの石の床や無地の白い壁や大きな田舎風の暖炉を照らし出した。

部屋の中央から奥の壁に向かってらせん階段が伸びていて、壁の左右の側面にはいくつもドアが並んでいる。

しかし、ほかには何もなかった。

「なんにもないのね」

「ああ、だからこの家をすっかり一新するために、きみには考えることが山ほどあるってわけだ」

ジョアンナは答えなかった。将来への不安に心が打ち震え、持ち前の防衛本能がフル回転を始めた。昨日サンドロはここでまともな結婚生活を始めるとほのめかしていた。ということは、むろんセックスを意味している。けど、それにはベッドが必要なのに、この家のどこにも家具はいっさい見あたらないようだ。

ぼうっとしたまま手近なドアを押し開く。そこもがらんとした部屋で、窓はよろい戸が閉められていて暗かった。

「ここはなんの部屋かしら?」ジョアンナがきくと、サンドロは背後に近づいて彼女に両腕を回し、長い指でウエストをつかんだ。全身に巻きつけたコイルに電流が流れたような衝撃が走り、熱湯を浴びた猫みたいに飛び上がらないためにはありったけの自制心を要した。

「居間だよ。居間は二つある。玄関の両側に一つずつ」

ジョアンナはうなずいた。サンドロにウエストをつかまれていては口がきけない。彼を死ぬほど意識していることを悟られないように、息をするのもためらわれた。

「よろい戸を開けようか?」

「お願い」サンドロの手が離れると、ぐったりするほど安堵《あんど》した。

それからは、彼女は注意深くサンドロとの間に距離を保って部屋から部屋を歩いた。彼がよろい戸を開けては前の家主が何に使っていたかを説明する間、空っぽの部屋を眺め回した。

大きな家だった。外から見るよりも広くて、応接室が四つ、オフィス兼書斎が二つ、二階には広い寝室が六つあった。だだっ広いキッチンには古風な炊事設備があり、彼女はひと目で気に入った。

二人は家全体を見終わってホールに戻ってきた。「で? 気に入ったかい?」

「とっても魅力的だわ。でも、わたしがこういうところに住みたがるって、なぜわかったの?」

彼はすぐには答えなかった。窓辺に歩み寄ってじっと外を眺めている。急に真剣な表情になり、話すべきかどうか思案しているようだ。

「きみは昔農場で暮らしていたって、モリーから聞いたんだ」ようやく打ち明けた。「お祖父《じい》さんが亡くなると、お母さんが借地権を引き継ぐのを嫌って、ロンドンに移り住んだとか」

モリーはそんなことまで話したの？　ジョアンナはショックを受けた。サンドロとモリーがそんな話をするほど親しかったとは！

「きみはそこが好きだったたって、モリーが話してた。新鮮な空気や広々とした場所が好きで、自分の馬を乗り回してたそうだね。ロンドンに住むようになってからも、以前ののびのびした生活をなつかしがってたって……」

しんとなった。サンドロが思いも寄らないことまでいろいろ知っていたので、ジョアンナはとまどい、ほこりの浮いた光線の中に立ちつくした。

「モリーはずいぶんいろいろあなたに話してたみたいね」

サンドロは顔をしかめて、両手をズボンのポケットに入れた。その仕草は一見くつろいだ様子に見えたが、ジョアンナはその反対ではないかと疑った。

「実は昼食のときに、たびたび会っていた」彼は白状した。「きみが出ていって以来、たいてい月に一度くらいは……。きみの様子を知りたかったたし、モリーも喜んでいろいろ話してくれた」

ジョアンナはぎこちない彼の声に不安を覚え、両手で体を包みシャツの袖《そで》を緊張した指先でつまんだ。

「しばらく母と過ごすためにローマへ出かける二日前のことだ。母が病気になって、その時点ではどうやらきみよりも母のほうがぼくを必要としているようだったから……」

彼は言いよどんだ。おそらく正直に話すのがつらいのだろう。

「モリーから電話で会ってほしいと言われてね。せっぱつまった声だった。会うと、モリーはきみから聞いたばかりの話をした。きみがどんな目に遭ったか、なぜぼくと暮らせないのかということも。その話を聞いてきみに対するぼくの気持ちが変わったかって、モリーにきかれたよ」ぶっきらぼうに続ける。「むろん、まるっきり変わったって答えたさ。けど、あのときばかりは、母につき添うために、二、三週間きみに待ってもらうしかなかった！」

傲然《ごうぜん》と開き直ったように言った。腹を立てて挑むような態度が言葉の端々に見て取れる。

「ロンドンへ戻ったときには」声がかすれ、彼はやむなく言葉を切った。ジョアンナは次に何を言われるかを察してぎゅっと目をつぶった。「きみたちはフラットを引き払っていた。最初は狐《きつね》につままれたような気がしたが、そのうちモリーがぼくに話したときみに打ち明けたに違いないと思った。それできみは、またぼくに追いかけられてはたまらないと思って、逃げ出したんだなって。そうに違いないと思い込んで、それきり捜すのをやめてしまった。だからモリーの事故のことも耳に入らなかったんだ」

要するに、彼は最悪の場合を想定したわけだ。わたしが彼について最悪の想像をしていたように。

「今ぼくは去年のつぐないをしたいと思っている。きみにとって、去年は地獄のような一年だったに違いない」彼は優美な手をゆっくり振った。「だから、これはぼくのつぐないなのさ。きみに広い空間で好きなだけのびのび楽しんでもらおうと……」

つぐないって、わたしではなくて彼がつぐなうの？「あなたは、つまり……」ジョアンナは疑わしそうに言った。「あなたはわたしに負い目を感じて、それでこのヴィラを買ってくださったの？」

「それじゃいけないのかい？」彼はきき返した。

「あなたに負い目はないわ！」

「むろん、銀行の本店はまたローマに戻さなくてはならないだろう」彼女の異議には耳も貸さずに言った。「ただし便宜上、情報システムはここに設置する。そうすればぼくが出勤するのも少なくてすむ。だから二人でここに……」

ジョアンナは彼をじっと見つめた。プレッシャーが胸に重くのしかかり息もつけない。彼はわたしが田舎で暮らせば幸せになれると信じて、この地所を買ったのだ！　その上、本店をローマに戻すつもりだ。つまり、彼は二人で暮らすためには、宇宙の果てでも引っ越す覚悟なのだ――二度までも。

「それであなたの望みは、サンドロ？　こんなことまでして、あなた自身は何をしてほしいの？」

サンドロは肩をすくめて微笑した。その皮肉な微笑は、口にする前から次の言葉を嘲《あざけ》っているようだった。「妻に、やさしくしてもらいたい」

それだけ？　そんなつましい願いなの？　サンドロのような男性は言うにおよばず、男性なら当然の願いだ。だけど、わたしにとっては山のように巨大な障害だ！

「ああ、サンドロ」彼の願いをかなえることはできないと知って、ジョアンナは震える声で言った。まともな妻になれないのは、今朝の経験で疑いなく証明された。「こんなことはやめて！　わたしはそんな価値もない女だってわからないの？　ここに住みたいなんて思わないわ」

「なら、何をしてほしい？」

あなたがほしいの――彼女は心の中で答え、自分の瞳に書かれたその答えを彼に読まれないようにそっぽを向いた。

「だめだ！」ずかずか近寄り、肩をつかんで向き直らせる。「本音を言いかけると、決まってぼくから逃げ出すのはやめろ！」

「あなたからもらうばかりで、何もお返しできないのがいたたまれないの！」彼女はつらそうに叫んだ。

「なら、きみ自身をくれたまえ」

「できないのよ！」喉をつまらせて訴えた。わたしの言うことをひと言も聞いていなかったの？「できないのよ、どうしてもだめなの！」

サンドロはため息をついた。何かをこらえているように背筋を伸ばし、正面の戸口へ歩いていく。

「さあ、外にもまだ見るものがいろいろある。馬屋は気に入ると思うよ」

信じられない！　自分の気に入らない言葉は完全に無視するんだから。ジョアンナは彼の頑固な態度にあきれて立ちつくした。

ようやくあとについて外に出ると、サンドロは庭園や馬屋を案内した。彼女は呆然として次から次へと案内されるまま何も言わず、何も考えなかった。まるで彼女の考えが意にそまないサンドロに、頭のスイッチを切られてしまったかのようだった。

一時間後、二人は車に戻った。ジョアンナは彼にわかってもらおうともう一度試みた。

「サンドロ、お願い。わたしの話を聞いて」

「はっきりした前向きの話でなきゃ聞かないよ」

「あなたと愛を交わせるようになれないのははっきりしてるわ」彼女はにべもなく答えた。

「どうして？　まだぼくに打ち明けていない幽霊がいるのかい、ジョアンナ？」

わたしにとりついている幽霊はあなたなのよ――心の中で答える。

「ほかにも幽霊がいるなら必ず引きずり出してやる。どんなに大変でも、昔のままの恋人をきっと見つけて見せる。それが前向きの考え方ってものだ」

「頭がどうかしてるんじゃないの？」ジョアンナはいらいらした。日の光に赤い髪をきらめかせて吐息をつき、うんざりした目を向ける。

「それは違うね」彼は笑って否定した。「なぜならぼくたちは、気が違ってでもいなけりゃうかうか別れるはずがない、きわめつきの仲だってことをよく覚えてるもの。絶対に別れるものか！」

「でも、一度は別れてもいいと思ったじゃない？」

「あのときは原因がわからなかったから、仕方なかったんだ」彼は言い返した。「てっきりぼくのせいだと思ってた。きみはぼくの何かが我慢できないのだと……。あのときはきみの嫌悪感に負けてしまった。けど、もう負けないぞ、絶対に！　ぼくにもきみにもどうしようもないことのために二人して懲らしめを受ける、きみのそんな情けない考えはぶち壊してやる！」

そう言い捨てると、サンドロは車に乗り込んだ。ついてくるかその場に残るかはジョアンナの意にゆだねて。彼女は事実上選択の余地がないのを悟ってのろのろついていった。ジョアンナが隣に乗り込んだときには、サンドロはすでにエンジンをかけていた。彼の表情は石のように固く、二人はひと言も言葉を交わさずに糸杉の並木道を戻っていった。

こうして二人の間の溝はかえって深まった。午後遅くアパートメントに帰り着くなり、サンドロは書斎のドアをばたんと閉めて引きこもった。

ジョアンナは三年前のドアの音を思い出してすくみ上がった。あのときの音と同じだ。がっくりして、再び感情の修羅場へとずるずるすべり落ちていった。

悪いことはまだ続いた。シャワーを浴び、涼しげな綿のサンドレスに着替えて寝室を出ていくと、客間から話し声が聞こえる。その声から客が誰かを悟り、ジョアンナは重い気分で客間に入った。

サンドロが母親と低い声で話をしていた。怒っている声だ。イタリア語なので話の内容は理解できないが、ジョアンナがいるのに気づいたとたんに、二人ともぴたりと口をつぐんだところを見ると、彼女のことを話していたに違いない。

「こんばんは《ブオナ・セーラ》、ジョアンナ」母親はどこか悲しそうに挨拶《あいさつ》した。彼女は小柄でほっそりした上品な女性で、髪は黒く染め、息子と同じ褐色の瞳をしていた。今その瞳は冷ややかにジョアンナを見据えている。「またお会いできてよかったこと」

そうかしら？　今注がれているまなざしから判断すると、そうは思えない。〝ありがとう〟とだけ答え、イタリア人の習慣にしたがって頬と頬を軽く触れ合わせる。ジョアンナは気まずい場面から逃げ出そうとしてつぶやいた。「コ、コーヒーでもいれてきましょうか。座ってお待ちになって……」

ドアのほうへ歩きかけたとき、書斎で電話が鳴った。「きみはここでママの相手を頼む」

ジョアンナはわきを通りすぎるサンドロをにらみつけた。よくもこんなことができるわね！　憤慨して目顔で懇願した。彼は素知らぬ顔だ。まだわたしのことを怒っていて、仕返しをする気なのだ。

「ジョアンナ、どうかここへ座って、この前お会いして以来どうしていたのか話してくださいな」

ジョアンナはげっそりと肩を落とした。あきらめてのろのろとソファーに腰を下ろす。

「お元気そうね」母親は礼儀正しく言った。

「おかげさまで」言い添えなくてはと思ってつけ加える。「サンドロの話では、ご病気をされたとか」

母親はうなずいた。「去年、心臓の手術を受けるはめになって」自分の病気を認めたくなさそうにちょっと顔をしかめた。「アレッサンドロが回復期の養生にオルヴィエートへ連れていってくれました。あそこは騒々しいローマから遠く離れていて、あんな静かな土地なので、体の具合の悪い折には……」

「ええ」ジョアンナはあこがれのまなざしでうなずいた。

「言うまでもなかったわね。あなたはあのヴィラから戻ったばかりですもの。今日電話をしても通じなかったわけをアレッサンドロから聞きました。たまたまあなたが息子とここにいると知ったもので」

次の言葉を察して、ジョアンナは背筋を伸ばした。

〝息子の生活を二度も混乱させるなんていったいどういうつもり？〟とか……。ところが、サンドロの母親はそうは言わなかった。

「あの地所は気に入って？」

「ええ、とっても。誰だって気に入りますわ」ジョアンナはなんとか微笑した。

「あちらに滞在していた間に、あそこへは何度か行きました。あのヴィラが、あなたを連れ戻すための材料になるという思いつきに、あの子はすっかり夢中になってしまって」

ジョアンナは目をしばたたいた。サンドロが一年も前からあの土地のことを考えていたとは！

「でも、アレッサンドロでも、最上と思ったプランが首尾よくいかないこともあるのね。お気の毒に、妹さんが交通事故で亡くなられたとか」やさしく言い添える。「大変な痛手だったでしょうね」

そんなことまで知っているの？　ジョアンナの背中にかすかな緊張が走った。「ええ、当時は。でも、今はもう大丈夫です」

「それにしても」母親はジョアンナの固い口調に負けずに続けた。「息子があなたとの復縁を計画している間に、あなたがそんなひどい目に遭っていたなんて、なんだか恐ろしい宿命みたいに思えて……。あなたは運命を信じていて、ジョアンナ？」

「さあ、どうかしら」用心深く答えた。「そういうことは考えたこともないので」

「それじゃ、愛は信じてるの?」母親はしつこくくい下がった。「正しく誠実な真実の愛であれば、すべてを克服できると? それとも、どんなに立派な愛であっても、途中であきらめざるを得ない宿命を負っている場合もあると思って? たとえ二人がその愛を貫こうとどんなに努力しても」

「おっしゃる意味がわかりかねますけど」慎重に答えながら、手に負えなくならないうちにサンドロが戻ってきてこの場を収めてくれないかと、おぼつかない期待を抱いて部屋の向こうに目をやった。

だが、彼は現れない。

母親はジョアンナの手に軽く触れて注意を呼び戻し、穏やかに言った。「わたしが知りたいのはね、あなたたちの結婚生活が今度はうまくいく見込みがあるのか、それとも、息子が敗北を認めないだけで嘆かわしい事態なのかってことなの」

「二人とも努力してますわ」ぴしりと答える。

「セックスの面でも?」

ジョアンナはすっくと立ち上がった。サンドロの母親もそれにならい、華奢《きゃしゃ》な女性にしては驚くほどの力でジョアンナの手首を握った。

「わたしはことを荒立てるつもりはないのよ」ひと言言うたびにことを荒立てながら熱心に説いた。「だけど、ねえ、ジョアンナ。あなたにはこういうことを話せるママがいないでしょう。あんな目に遭ったんですもの、決してたやすいことではないわ。でも、息子が今度もまた手ひどく傷つくのは見たくないの」

　そこで言葉を切って息をのんだ。ジョアンナは今言われた言葉がようやく胸にこたえ、打ちのめされて震えていた。

「できれば助けてあげたくて」

「いいえ、誰にも助けられないわ」ジョアンナは突然、手首を振りほどいた。顔は氷と化し、体も同じく凍りついた。「あなたには関係ないことよ」

「どうしたんだ？」

　ジョアンナはくるりと振り向くと、ガラスのような目でサンドロをにらんでなじった。

「お義母様《かあ》に話したのね。絶対に許さないわ」

　ずかずか前を通りすぎようとしたが、彼は肩をつかんで引き止めた。

「放して」嫌悪のあまり怒鳴った。彼のもとに戻って以来、そんな激しい嫌悪をあらわにしたのははじめてだった。

「ママはみんな知ってるわけじゃない。モリーから聞いたことだけだ。ぼくだってただの人間だからね、いとしい人《カーラ》」ジョアンナの氷のような表情がいっこうにやわらがないのを見て、彼は吐息をついた。「二人がどんな目に遭ったか、誰か信頼できる人に話さずにはいられなかったんだよ」

「二人じゃないわ、サンドロ。ひどい目に遭ったのはわたしだけよ！」

「二人だよ、ジョアンナ」彼は頑として言い張った。「あの獣どもがきみにしたことは、ぼくに対してしたことにもなる。あれ以来ずっと、きみばかりでなく、ぼくも代償を払わされてきた！」

「なら、これ以上払う必要はないわ。わたしがここを出ていくから！」

「ぼくが出ていかせると思うのか？」彼は嘲った。

彼女の冷たい目についに生気がよみがえり、怒りのあまりきらりと光った。「モリーなら秘密を守ると信じて打ち明けたのに、あなたに話してしまったわ。モリーはあなたを信じて打ち明けたのに、お義母様に話してしまった。お義母様は誰に話されたの？　今では何人がレイプされた女とのみじめな結婚の噂《うわさ》をささやいてるのかしらね？」

「まあ、とんでもない、ジョアンナ！」母親が気をもんで口をはさんだ。「わたしは誰にも話してませんよ！　これからも話さないわ！」

だがジョアンナは聞いていなかった。今は誰に何を言われても耳を貸すどころではなかった。「もう一度レイプされた気がするわ」

サンドロは重いため息をつき、彼女を引き寄せようとしたが、ジョアンナはそうさせなかった。怒りと恐怖と自己嫌悪に押しつぶされて突然震え出し、わなわな体を震わせた。

「ママ、なぜぼくたちをほうっておいてくれないんだ！」

「だけど、お義母様が言われたとおりだと思わない？」ジョアンナは顔を上げて言った。「二度とこんなことをすべきじゃないのよ。わたしは前からそう言おうとしてたのに！わたしはもう、あなたにふさわしくないのよ」

「そんなことを言うのはやめてくれ！　どこかの獣が体を奪ったからといって、きみが触るのも汚らわしい人間になるわけがない！」

「でもそうなのよ。わからないの？」彼女は苦悩をにじませた熱っぽい目つきで叫んだ。「わたしにはあなたにあげるものが一つしかなかったのよ、サンドロ！　それさえあればすべて埋め合わせがつく、たった一つのものだけしか。ほかには何もないのに、それを奪われてしまったの！」彼女はすすり上げ、悲しみに声が甲高くなった。「こ、こんなわたしをあなたにあげるわけにいかないわ。わたしにはできない。ごめんなさい、でもどうしてもだめなの！」

「まあ、なんてことなの」サンドロの母親はジョアンナの絶望的な苦悩をおぼろげに察して、痛ましげにささやいた。

サンドロは無言のまま、唇をかみしめ、顔を蒼白《そうはく》にして彼女の真ん前に立っていた。厳しい表情で、黒ずんだ瞳は陰鬱《いんうつ》な心に通じる一対のトンネルのように見えた。彼はぐっと唾《つば》を飲み込んで感情を抑えようとしたがうまくいかなかった。

彼は震えていた。ついにすべて納得がいって唖然《あぜん》としたせいなのか、あるいは激怒のあまりなのだろうか?

だがそれを見分けるためにここにとどまってはいられない。遠くへ逃げ出さなくては、地獄と化したこの場を逃れて遠くへ――サンドロから離れて。

ジョアンナは彼の手を振り切って、いきなり駆け出した。サンドロが止める間もなく走り出し、廊下を抜けてアパートメントを出た。待っていたエレベーターに駆け込み、あせる指でボタンを押す。震えながら振り向くと、サンドロがすごい形相でずかずかやってくるのがちらりと見えた、と思うと扉がぴしゃりと閉じて二人をへだてた。

サンドロがこぶしで固い扉を叩《たた》く音がし、悪態をつく声が聞こえた。やがて扉が開き、ジョアンナはまたもや走り出した。街はたそがれて、あたりは赤く染まり始めていた。ジョアンナは脚に翼が生えたように走り続けた。

10

ジョアンナはどこへ行こうとしているのかも考えられなかった。だが、見覚えのある黒い車が彼女を追い越して数メートル先で横すべりして止まった。

エンジンがまだぶるぶる音をたてているうちにドアがぱっと開き、ぜいぜいあえぎながらサンドロが降り立った。

蒼白《そうはく》な顔にはいまだに怒りが刻まれていた。無言でジョアンナの手首をつかみ、くるりと向きを変えて車のほうへ引っ張っていく。空いている手で助手席のドアをぐいと開け、彼女を車に押し込んだ。たじろぐほどの勢いでドアを閉め、ボンネットを回って彼女の隣に乗り込む。運転席のドアをばたんと閉めると、彼は長い指を伸ばしてスイッチを押し、すべてのドアをロックした。

ジョアンナは無謀な逃亡をくわだてたせいで息をはずませていた。「わたし……」

「黙って！　何も言うんじゃない」

彼女はびくりとして、その命令に込められた激情にたじろぎ口をつぐんだ。サンドロは勢いにまかせてエンジンをスタートさせ、猛スピードで突っ走った。

あっと言う間にアパートメントに帰り着き、ジョアンナは自嘲《じちょう》した——なんのためにわざわざ逃げ出したのだろう！　サンドロは車を急停止させると、降りて助手席の側に回り、彼女を引っ張り出した。彼女には目もくれない。アパートメントまでジョアンナを引きずっていき、止まっていたエレベーターに押し込んだ。

一気に上昇する。ジョアンナはどうなることかと気をもんでいて、エレベーターに乗ったことにも気づかなかった。エレベーターを降りると、サンドロは扉を開けて部屋の中に彼女を引きずり込んだ。ぴしゃりと扉を閉め、しっかりロックする。ようやく、この狂気じみた出来事を総ざらいする余裕ができたようだ。

しかしジョアンナは、彼が結論にたどり着くのを待つ気はなかった。またもや走り出し、廊下を通って寝室に飛び込んで急いでドアを閉めた。ベッドのわきに力なくくずおれる。彼が絶対に入ってこないようにドアをロックしたかった。

だが、鍵《かぎ》はなかった。夢中で赤裸々な告白をし、疾風のように逃げ出した反動で、ジョアンナは今になって体の芯《しん》からぶるぶる震《うず》え出した。

「ああ、どうしよう」両手に顔を埋めたものの、ドアのすぐ外にサンドロの足音がしてぱっと立ち上がった。今は顔を合わせられない、絶対に！

バスルームのドアには鍵がついていたっけ。

震える足でそちらに向かう。

「やってみるがいい」冷酷この上ない声が背後から促した。「必要とあれば、ドアをぶち壊してやる」

「シャ、シャワーを浴びたいの」顔を合わせないように肩ごしにさりげなく言いわけをする。「汗をかいたのにエアコンがついていて寒くて」

「また逃げ出そうっていうのか、いとしい人《カーラ》？　そうはいかないよ。だから無理強いされないうちにこっちを向いて、ぼくと対決したほうがいい」

もの柔らかなその言葉には、ありったけの脅し文句が込められていた。

「お、お義母様《かあ》は？」

「きみを無事に連れ戻したと聞いて、安心して家に帰ったよ。きみがあんな騒ぎを引き起こして疲れたんでね」

わたしが引き起こしたですって！　騒ぎを起こすようにけしかけたのはお義母様でしょう。

「こっちを向くんだ、ジョアンナ」

彼女は涙がしみて目に手をあてたが、すぐにわきに下ろした。小さなこぶしを固め肩をいからせると、やにわにくるりと向き直り、挑むようにぷいとしてみせた。「これでご満足？」

「いや、ひどい顔だ」

サンドロだって似たようなものだ。彼女は胸が痛んだ。まだ引きつった蒼白な顔をして、瞳は黒ずみ、怒りに唇をきつく結んでいる。

「ごめんなさい」こらえきれずにささやいた。

例によって、謝っても彼の怒りは解けなかった。

「ぼくはきみに純潔を求めたことはない」彼は断言し、青ざめたジョアンナを超然と見守った。「もっとも、きみが処女だと知って、光栄にもそんな贈り物をもらうからには相応の敬意をもって扱うべきだと思ったのは認めるよ。だめだ、そっぽを向くんじゃない!」彼女が顔をそむけようとしたとたんに、かすれた声でがなり立てた。「こっちを向いてちゃんと聞くんだ、ジョアンナ! ぼくだってついさっき、胸を引き裂くようなきみのスピーチを我慢して聞いたんだぞ」

「わたしの気持ちは、あなたにはわかりっこないわ!」彼女はあとずさりながら叫んだ。

「ぼくがきみへの愛よりもきみの純潔のほうを重んじている、きみがそう信じてたのはわかったよ。そんなふうに考えるなんて、ぼくを侮辱している。きみはぼくたちの愛を、ぼくの愛し方を侮辱したんだ!」

あれから三年もたつのに、今ごろになってけっこうな言い草だこと! ジョアンナはしらけた気分だった。あのころわたしが処女だと知って、彼が大騒ぎしたのを今も覚えている。わたしへの接し方まで変わった。長く情熱的な抱擁はやめて、頬に軽くおやすみのキスをするだけ。体中愛撫《あいぶ》する代わりに、手を握るだけ。

「あなたはなんでも自分の考えに合うように話を変えてしまうのね」ジョアンナはむっとして言い返した。

「この問題については、きみはわかっちゃいないね。だって、実際には薄い膜ってだけのことじゃないか、カーラ。処女膜は女性が成熟して子供を産めるようになるまでの間、子宮を感染症から保護するという実際的な目的のためにあるんだ。それだけの意味しかない。いわゆる処女崇拝にとりつかれた未開人でもないかぎり。むろん、ぼくは未開人じゃない」

「でも、捧《ささ》げたいと思った人にそれを捧げるのは、わたしの権利だわ。わたしはあなたにあげたかったの！」それは彼女の心からの叫びだった。「あの連中がその権利をわたしから盗んだとき、あなたへのかけがえのない贈り物が盗まれちゃったのよ！」

「一度なくしたら、永久に失われてしまうんだよ、ジョアンナ」サンドロは容赦なく指摘した。「純潔をそんなに重要視してたら、その貴重な贈り物をぼくにくれてしまえば、きみにはもう何もなくなるじゃないか！」

「そうだとしても、事実は変わらないわ、サンドロ！　あの贈り物をなくしたせいですっかりうろたえて、あれがなければあなたと愛を交わすことなど、考えることすらできないって思ったのよ！」

「ぼくが惜しんでると思うのかい？　失ったことを嘆いて、なくしたからってきみを一段低く見るとでも？」軽蔑《けいべつ》したように笑い飛ばした。「妻に触れることもできずに暮らすよりは、妻との愛のいとなみを許してもらうほうがいいのは当然だろう！」

「あなたにはわからないって言ったでしょう」ジョアンナは嘆息してあいまいにつぶやいた。

「いや、きみが思っているよりも、はるかによくわかっているよ」彼は即座に言い返した。「きみの心根はおびえた処女と同じだってね」

ジョアンナはその指摘にショックを受けた。

「あの獣どもがきみにしたことなぞ、ものの数にも入らない。今きみがこんなにひどく情緒不安定になっている事実に比べたら、ささいな問題だ。では肝心な問題はどこにあるのか？」自ら問題を提起し、自ら答える。「きみにある。きみはぼくに体を許す勇気がなかなか出ない。問題はきみ自身にあるんだよ、ジョアンナ。自分を惜しみなくあたえること――それがほんとうの愛の贈り物だ。きみがそんなに重んじている薄い膜なんかじゃない。それに、きみがずっと今のままなら、ぼくたちはみじめな運命に追い込まれる」

サンドロは再びドアのほうを向いて、うんざりしたことをはっきり示す不快な表情で警告した。

「ぼくは欲求不満のまま禁欲生活を強いられ、きみはそんなぼくを見ながら罪の意識にさいなまれて暮らすはめになるんだぞ！」

「ど、どういう意味？」

「きみが内心恐れているとおりの意味だ。この結婚は終生のもので、ぼくは二度ときみを出ていかせるつもりはない。もちろん、きみが失ってしまった大義名分にいつまでもしがみついているなら、ぼくも先の見込みのない目標に見切りをつけるころ合いだと判断するかもしれないが」

それは明らかに聞き捨てならない言葉だった。ジョアンナは息もつけないほど動揺し、彼の後ろで閉まるドアを見つめて立ちつくした。

見込みのない目標？　このわたしが？

ジョアンナは膝ががくがくしてベッドにへたり込んだ。ああ、サンドロの言うとおりだ！

なくしたものを追いかけても、取り戻すことはできない。わたしはとっくに失われたものにしがみついていたのだ。心情的にはおびえた処女のままで、自分の欠陥が愛する男性に見つかるのを恐れて、彼に自分をあたえるのを怖がっていた。

それに、あの二人の男の所業は今となってはたいした問題ではない。わたしのせいでめちゃくちゃになった、わたしとサンドロの人生をなんとかしたいと思うなら、あの事件などもの数ではない！

サンドロはまさにほかの道を取ろうとしている。見込みがないのが明らかになったからには、いつまでもこだわることはないと考えているのだ。

冷たい恐怖に心の芯まで凍りついて震えながら、彼女はやにわに立ち上がった。だが、今の恐怖はいつものものとは違っていた。あたえるのが怖いのではなく、失うのが怖かった。

サンドロはわたしを見込みのない目標とみなしている。わたしをあきらめるつもりだ！またパニックに襲われた――前とは異なるパニックに。ジョアンナは唐突にバスルームに向かった。二人の仲を修復するためにするべきことを思いついたのだ。頭の中で警報が鳴っていた。急いで服を脱ぐ。汗が冷えてじっとりした体にシャワーを浴び、まだ湿っている肌に、白くて長いバスローブを手早くまとった。

首尾よくやり通せるかどうかわからないが、とにかく、やってみるのだ！

寝室の外は静まり返っていた。あんまり静かで不安になった。サンドロはもう出ていったのだろうか。

彼の寝室の前まで来ると、震える下唇をかみしめ、思い切ってドアのハンドルを回した。中に入るやいなや、彼女はまっすぐサンドロを見つめた。彼を見てほっとしたあまり、かつて彼女を威圧した高い天井も、グレーの地にナイル河の水を思わせる鈍い緑色と金色の葉模様を散らした壁も目に入らなかった。いかめしいベッドも目に入らなければ、この前この部屋でぞっとするような場面を演じて、サンドロをげっそりさせたことも思い出さなかった。

そんなことはどうでもいい。大事なのはサンドロだけだ。あそこに立って窓の外に目をやり、険しい表情で思案にふけっているこの男性だけ。彼もシャワーを浴びたらしい。背の高い引きしまった体を同じような白のタオル地のバスローブに包んでいる。

彼はジョアンナが入ってきたのに気づいていたらしく、不意に振り向いた。黒い瞳は今も怒りに満ち、二本の針のように鋭く彼女を突き刺した。と思うと、まぶたを伏せて冷酷に彼女をしめ出した。

間に合わなかったのでは？　二人の貴重な結婚生活を救うには、もう遅すぎたのだろうか？　サンドロの冷酷な顔に恐怖と不安が集中し、ジョアンナは気が動転した。次になすべきことを考えて、震える指をバスローブの結び目に伸ばす。

その仕草を見て、サンドロはかすかに身をこわばらせた。ぱっと見上げた不審そうな目がジョアンナの視線とぶつかる。彼女の頬がさっと赤く染まった。

それでもジョアンナはやりかけていたことを続けた。心臓が高鳴り息をつまらせながらも、指はバスローブのひもを解き、おもむろに厚いタオル地の前を開いてほっそりした肩からするりとはずした。バスローブはするすると落ちて、彼女の足元に白い雪が積もったようだった。

一糸まとわぬ姿。

結婚して三年、それ以前も熱烈に愛し合っていたのに、サンドロの前で裸になったのはこれがはじめてだった。

ジョアンナは、愛とおびえと喜びと痛みという四つの感情に混乱して立ちつくした。彼が暗い情熱に燃える瞳の上に長く濃いまつげを伏せ、絹のようになめらかな肩から、高く突き出た胸までさっと視線を走らせるのを見守る。

サンドロの上目遣いの視線に応《こた》えて、胸は固くなり、ばら色のつぼみの先端が生き生きと突起した。室内は静まり返り、二人はどちらも身じろぎもせず息を殺した。彼の視線がすっと下がって細いウエストと平たい腹部にまで達すると、彼女のおへそのへこみがかすかに震えた。彼の視線はさらに下へと向かい、なだらかな腰の丸みを越えて、ついに均整のとれた長い腿が彼女の核と出会う、ハート形の柔らかな黄金色の茂みに長々と注がれた。その部分が静かに脈動を始め、彼女ははだしのつま先をそっと丸めた。

「愛してるわ、サンドロ、とっても」突然不安そうに叫んだ。「お願い、わたしを見捨てないで。ちゃんとした妻になれるかどうか、せめて試させて」

答えはなかった。ジョアンナは緊張をつのらせて待ち受けた。不安にさいなまれ、胸をどきどきさせ、柔らかな唇を開いて。最終的運命が決まるのを待つ無力な犠牲者のように身も心も震えながら立っていた。彼の視線はもう一度彼女の全身を下から上へとさまよい、最後にようやくジョアンナと目を合わせた。彼は体内のどこか深く暗い穴から吐き出されたようなため息をついた。

「さあ、おいで。きみは頭がどうかしているよ」

ジョアンナは安堵《あんど》して涙にむせび、部屋を突っ切ってサンドロの胸に身を投げた。彼に抱きとめられると、腕をしっかりと彼の体に巻きつけた。

二人の唇は激しい渇望に熱く溶け合った。二人の間には何もなかった。ジョアンナはこれまでの偏見をかなぐり捨てて彼を求めた。キスはいつまでも続き、二人を焼きつくした。サンドロは彼女のいたるところに触れ、愛撫し、彼女がさし出すものを当然の権利として受け取った。

ジョアンナは必死で喜びを求め、情熱的なキスにはそれに匹敵するキスで応えた。苦しいほど刺激的な愛撫を受けるたびに、彼にも同じ愛撫を返した。彼のバスローブが肩から落ち、二人をへだてる最後の障壁はなくなり、ついに二人とも生まれたままの姿になった。ジョアンナは彼にしなだれかかり、たくましい体に全身を押しつけた。

それは新たな啓示となった。彼女の肌はじりじりと熱くなり、五感は打ち震えて新たな喜びの分け前にあずかろうと、どっと表面に浮き上がった。胸を岩のように固いサンドロの胸に押しつけ、固い腰に自分の腰がぴったり寄り添うように背筋をのけぞらせる。

サンドロの力強い反応が伝わった――心臓の重い鼓動、脈打つ情熱の高まり、彼女が逃げ出すのを恐れてしっかり回された腕、熱い苦悶《くもん》のうめき、刺すように熱い息。

「美しい《ベレッツィア》……」

二人の唇は再び溶け合った。電気が走るような喜びにせっつかれて、ジョアンナは昔の幽霊が現れる余地のないほどぴったりと彼を抱きしめた。

サンドロが抱き上げてベッドに運んだときも、ジョアンナはしがみついて離れようとしなかった。二人はベッドの上に手足をからませて倒れ込み、休む間もなく愛撫を続けた。

「もっとゆっくり」ふと気づいて彼がつぶやいた。「こういうことは少しずつしないと。いっきに燃え上がる必要はないよ、ぼくのいとしい人《カーラ・ミーア》」

「でも、そうなっちゃうの」ジョアンナは言い返して、彼のなめらかな肩から胸へとしきりに指を這《は》わせた。

「きみはぼくのものだ。ぼくが願っていたのはそれだけだよ、ジョアンナ」

「わたしもやっとわかったの。けど、わたしが怖がると思ってためらわないでね、サンドロ」彼女は懇願した。「わたしの気が変わらないうちに力ずくで奪ってほしいの。だって土壇場になってまたもやあなたを失望させやしないかと、今でもびくびくしているんだもの」

サンドロを失望させる結果にはならなかった。ジョアンナは彼を魅了し、彼はこれまでの十倍も彼女を愛するようになった。

「そういうことはやめたほうがいいよ」サンドロは彼女の手が触れて大恐慌をきたしている場所から、そっとその手を離してつぶやいた。

「どうして？」無邪気にたずね、彼に喜びがあたえられるのがわかっている別のところに手を移した。

「こうなるからさ」サンドロはくすくす笑いながら、ジョアンナの温かく湿った箇所に指を走らせた。彼女が火のついたように彼を求め、彼があたえる喜びに夢中になるのを見守る。

「サンドロ」彼女はあえいだ。サンドロにはその意味がはっきりわかっていた。だが、今度は不安を覚えるのは彼のほうだった――彼女を失望させやしないかと。

多分、ジョアンナはそれを察したのだろう。それは以前彼女が自分の欠陥におびえたときよりも、いっそう大きな賭《かけ》であると悟ったのかもしれない。そんな拒否反応を消し去るには、彼に対してあまりにも長い間あまりにもひどい仕打ちをしてしまった。

ジョアンナの目が開き、手を上げて激しい情熱に上気した彼の顔をなぞった。「奪ってくれないと、死んでしまうわ」

サンドロはふっと笑い声をもらした。かすれた低い声が少し震えている。彼女の上にのしかかって体重をあずけ、情熱の重さを伝えると、決定的な結びつきを求めてそろそろと押し入った。

ジョアンナの体は熱く引きしまって、彼をぴったり包み込んだ。鋭く息を吸って体を弓なりにそらせる。そして何もわからなくなった。

彼女が息を止め、体を宙に浮かせたまま動かなくなったので、サンドロは動きを止めて心配そうに見つめた。

「カーラ?」彼はくぐもった声でたずねた。「痛かったかい?」

ジョアンナは新しい体験に没頭していて答えることもできなかった。彼を味わい、固く力強い体に余すところなく満たされて、彼の熱い体が彼女自身の燃えるような熱情と入りまじった。二人の体は一つに溶け合い、なれ親しんだ彼の体臭が彼女のにおいとまじり合った。

そして何よりもすばらしかったのは、今、こんなにも愛しているこの男性とついに結ばれたということが、あざやかに認識されたことだった。

なんてすてきなの! これまでわたしを縛ってきた人生の制約からすっかり解き放たれた気がする。不意にかぎりない勝利の光が炸裂《さくれつ》し、彼女は笑い声をあげて両腕を彼の首に巻つけ、長い脚で彼の引きしまった腰をはさんだ。

「あなたを感じるわ、サンドロ」不思議そうにそっと打ち明けた。「あなたがわたしの中で脈打つのがわかるの」

その言葉はサンドロを揺り動かした。彼は震える息を肺から吐き出した。その言葉は彼の体をも突き動かして、筋肉の力をさらに強めた。次の瞬間、二人は長く深いキスをしていた。彼が動き始めると、舌はその力強い動きに合わせて動き、二つの動きは一つの輝かしい体験となってジョアンナを完全にとりこにした。

やがて、光が彼女の内部で炸裂した。それはもはや単なる勝利の光ではなく、めくるめくセクシャルな感覚だった。花のつぼみが開くように、喜びのそよ風にのって一枚ずつ花びらを開き、ついに満開となった。

サンドロは、彼女に喜びをあたえるために震えながら自制していた。彼女の喉元に唇をつけて、彼女の体中いたるところで動き続けた。あらゆる筋肉が敏感になって脈打ち、セクシーな動きをするたびに苦痛を覚えるほどだった。

ジョアンナに愛撫されると、サンドロは耐えがたい喜びに身を震わせた。キスをされると苦悶のうめきをもらし、しきりにキスを返した。だが、彼女の内部で開花が始まると、いっさいの動きを止めて彼女が花開くのを見守り、最後の興奮が炸裂する激しいおののきにとらえられたのを感じると、クライマックスへと導いた。そのときには彼自身の内部でもめくるめく興奮はつのる一方だったが、彼女が跳躍するのを待ってはじめてその興奮に身をゆだね、彼女が自分の名前を叫ぶのを聞いてからその興奮を解き放った。

つぐない――愛する女性がこんなふうに自分の名前を叫ぶのを聞くことが、彼のつぐないだったのだ。

そのあとは、激しい雷雨のような興奮のうちにいっさいがこっぱみじんに砕け散った。

どちらも相手を失望させることはなかった。二人はしっかり抱き合ってじっと横たわり、長く続く余韻に動くこともできなかった。二人の心臓は一つになって鼓動を打った。

「大丈夫かい?」サンドロはなんとか口がきけるようになるとつぶやいた。肘をついて、かすかに震える指を彼女の上気した頬にあてる。

ジョアンナは答える代わりにその手に口づけをした。まだ声が出なかった。人生最大の障壁をついに乗り越えたジョアンナは、もはや処女ではなかった——肉体的にはもちろん、心も。

「あの連中は、かなり未熟だったんじゃないかしら?」彼女はようやくささやいた。

「誰のこと?」きき返しながら、サンドロはいやな予感に体をこわばらせた。

「あの獣どもよ」彼女は色濃くなったブルーの瞳を丸くして不思議そうに彼を見上げた。

「セックスがどういうものかさっぱりわかってなかったみたい」

ジョアンナは彼が怒るかと思った——こんな特別なときに、あの事件の話を持ち出したりすれば腹を立てて当然だ。だがサンドロはイタリア人だった。イタリアの男性は生まれながらに男らしさを自慢する。彼はにやりとした。どんなにぎこちないほめ言葉でも喜んでお世辞を受ける用意のある、あのものうげな気取った笑いだ。

「この何年間かに、きみがどんなものを取り逃がしたかわかったかい?」彼は威張って言った。「さて、これでぼくも少しは尊敬されるだろうな」

「あら」不意に以前の生意気で元気のいいジョアンナになって、ブルーの瞳で彼を見上げた。「でも、もう一度できる?」

彼はくり返してみせた――実際、その長く暗い、エロチックな夜の間にいく度も。

翌朝目覚めてみると、彼女はサンドロに寄り添って体を丸めていた。彼の腕がウエストに置かれ、もう一方の腕は枕《まくら》の下にあって、彼の長い指に絹のようにつややかな髪がもつれてからまっている。

こんなすてきな、いや、満ち足りた彼を見たのははじめてだ。ジョアンナは長いこと彼を見つめて横たわり、昨夜二人がともにした最高の栄光の余韻に浸った。

そのうち別の欲求が――空腹感が頭をもたげた。もう何日も、何週間も、何カ月も、何年も感じなかったほど貪欲《どんよく》な空腹感が!

ジョアンナは起き上がり、彼を起こさないようにそろそろと体をずらしてベッドをすべり出ると、着るものを探しに自分の部屋に行こうとした。

そっと寝室を横切るときに、彼が脱ぎ捨てたTシャツを見つけた。昨夜腹を立ててほうり投げたに違いない。椅子の背に半分引っかかり、あとは床に垂れている。ふと思いついてそれをつまみ上げ、部屋を出た。

ジョアンナはそのTシャツを頭からかぶった。だぶだぶで、裾《すそ》が腿のあたりまで届く。一人でにやにやしながら、ひんやりしたモザイク模様の床をはだしで踏んでキッチンへ向かった。タイルの角や隙間《すきま》の一つ一つが足の裏に感じられる。実際、皮膚がひどく敏感になっていて、柔らかくなめらかなコットンの生地が胸をかすっただけで、ぴりぴりとした刺激を感じた。

自由な気分、この晴れ晴れした気持ちはそれだ。永遠の束縛から解き放たれた気分だ。一夜にして、まったくの別人に生まれ変わったのだ。朝食に熱いバタートーストと絞りたてのオレンジジュースを用意しながら、幸せそうに一人で鼻歌を歌うような人間に。

「楽しそうだね」太く低い声がした。手を休めて振り向くと、サンドロが開いたドアにもたれている。シャワーを浴びて髭《ひげ》もそっていた。ボクサーショーツをはいただけの姿で、茎の短い赤いばらをウエストのゴムにさしていた。

感覚が興奮してじりじりと焦げ、昨夜の記憶が炎となって燃え上がり彼女を包もうとした。この男性が――すてきな、セクシーな、エネルギッシュな、この男性がわたしの恋人なのだ！　そう思うと息もつけなかった。

わたしの愛する人。彼はわたしのものだ。

さりげなく背を向けてやりかけた仕事に戻り、オレンジとジューサーのほうに向かった――ばらの花はいつものとおり無視して。

彼の動く気配に、ジョアンナは期待にぞくぞくして全身に鳥肌が立った。その間にも彼は素足で近づき彼女の背後に立った。両手をすっと腰に回し、黒い頭を下げて首筋に鼻をすり寄せる。

「うん、こんな暮らしがしたかったんだ」彼はつぶやいた。「セクシーな妻がオレンジの香りをさせて、夫が脱ぎ捨てたTシャツを着てるような暮らしが」

ジョアンナはサンドロの腕の中で振り向いた。「ほら、ここ」指を吸ってきれいにしてもらおうと、べとべとの指を突き出した。

サンドロは熱くけだるい視線を彼女に注いだまま、うれしそうに指を吸った。彼女はうわべは平然と吸わせていたが、恥ずかしさに頬がほてり、目を伏せた。きれいになった自分の指が、彼のショーツのウエストからばらを抜き取るのを見つめる。

「どこからばらを取ってきたの？」

「秘密だよ」彼は不意に真面目《まじめ》な顔になった。「もう、幽霊はいなくなったかな？」

彼女はうなずいて深紅のばらで唇をなでると、彼の胸の真ん中を同じようになで下ろした。「あなたにひどいことをしたのを許してくださる？」

「許すことなんかないよ」彼は言った。「きみは深手を負ったんだ。それで誰も通り抜けることのできない壁の背後に閉じこもってしまった。ぼくは試してみた。モリーも。ぼくたちはきみがなぜそんなふうになったのか理解できなかったけど、何か恐ろしい目に遭ったことは十分察していた。きみはそれほど急激に変わってしまった。それも一夜にして」

ジョアンナは身を震わせて吐息をつき、近づいて彼の体にしっかり腕を回した。「今はもう忘れたいの」沈んだ声でささやいた。

「そうとも、忘れたほうがいい。三年もの間、あんなにくよくよ気に病めばもうたくさんだ」

「ところで、今日はわたしの新しい人生の……四日目だわね。何をする？」

サンドロの目がきらりと光り、彼女はぽっと頬を染めた。

「あなたって、もしかして欲張りなんじゃない？」彼女はからかった。

「きみへの欲望には際限がないよ」サンドロはかすれた声でつぶやいた。「それに、三年もの間みじめな禁欲生活を強いられたんだ」

「まあ、サンドロ……まさか！」ジョアンナは自責の念に駆られてうめいた。

サンドロはそんな彼女の反応に心底驚いたようだ。「ぼくがほかの女に甘んじると思うのかい？」

「でも、愛人がいるって言ったじゃないの！」彼女は思わず大声を出した。

「別の女性を身代わりにしたほうがよかったのかな？」

「いいえ」かすれた声で白状する。「でも、たとえそうされても仕方がないと思ったでしょうね」

「愛人がいるって言わせたのは、ぼくのプライドだよ」彼は悔しそうに敗北を認めた。「実は、ほかの女性なんて見る気もしなかった。まして言い寄るなんて！　でも、ああ、実につらかったな。とりわけ、きみの行方が皆目わからなかったこの一年は。男としての能力をきれいさっぱりはぎ取られた気がしてね、愛する人《アモーレ》」

「とっても愛してるわ」ジョアンナは気遣わしげに告げた。「あんなことはしたくなかったの。でも、自分でもどうしようもなくて」

「実はきみから電話があったころには、いっそきみがいないほうが安穏に暮らせると、自分を納得させようとしていた」

ジョアンナは不満の声をもらして彼にぎゅっと抱きついた。もしも彼がわたしがいないほうがましだと思ったりしたら――そんなことになったら、今度はわたしが出ていかせないようにする番だ！

「けど、きみの声を聞いたとたんに、なんだか心がぱっと明るくなってね」低い声で続けた。「突然生き返ったみたいな気がして、心がはち切れ、煮えたぎった。そんなだったから、きみがオフィスに着く前から、たとえ閉じ込めなくちゃならなくても、絶対に二度と逃がすまいと心に決めていたのさ。そうしてきみの前に立ちふさがっている壁の、いまいましい石を一つ残らずこっぱみじんにして、以前の恋人を見つけ出す決心だった！」

「その恋人ならここにいるわ」ジョアンナはすばやく請け合った。

サンドロは涙にうるんだブルーの瞳をのぞき込んだ。「以前のままの?」

「そうよ」

「なら、ベッドへ戻ろうよ」キッチンから連れ出そうと、彼女の手を引っ張る。

「でも、朝食はどうするの?」ジョアンナは不平を言った。「おなかがぺこぺこなの。今からあなたにも手伝ってもらって……」

「ぼくはもうすませたよ」彼はささえぎった。「きみの指をなめたからね」

やがて二人は寝室に入ってドアを閉めた。サンドロの手は早くも裾からすべり込んでTシャツを彼女の頭の上まで引っ張り上げ、邪魔ものをきれいにはぎ取った。

サンドロはきらきら光る目でジョアンナを眺めた。色白でほっそりした、プロポーションのいい体に、胸が高く突き出し、腿の間にはひどく魅惑的な濃い黄金色の茂みが……。

「胸が痛くなるくらいきれいだよ」サンドロはかすれた声でささやいた。

「あなただって」ジョアンナは両腕を上げて彼を抱きしめた。「わたしの夢はみんな実現したわ」

●本書は、1999年5月に小社より刊行された作品を文庫化したものです。

奪われた贈り物

2024年7月15日発行　第1刷

著　　者／ミシェル・リード
訳　　者／高田真紗子（たかだ　まさこ）

発 行 人／鈴木幸辰
発 行 所／株式会社ハーパーコリンズ・ジャパン
東京都千代田区大手町1-5-1
電話／04-2951-2000（注文）
0570-008091（読者サービス係）
印刷・製本／中央精版印刷株式会社
表紙写真／© Anastasiia Pliekhova | Dreamstime.com

ISBN978-4-596-63923-3